Vanessa Hahne

geboren am 24. September 2006
in der Nähe von Dortmund,
Deutschland.

Vanessa Hahne, geboren am 24. September 2006 in der Nähe von Dortmund, ist eine *leidenschaftliche Geschichtenerzählerin* und angehende Medientechnologin im Bereich **Digitaldruck.** Ihr kreativer Weg begann schon früh, inspiriert durch ihre Begeisterung für Literatur, Design und Technologie.

Mit **"Schatten der Wahrheit: Im Netz der Verschwörung"** veröffentlicht Vanessa Hahne ihr **erstes Werk – ein fesselnder Roman**, der *Fantasy, Horror, Krimi* und *Thriller* miteinander vereint. Ihre Geschichten entfalten sich in *dunklen Welten* voller *Geheimnisse* und *Verschwörungen*, die den Leser auf eine Reise zwischen Realität und Fiktion mitnehmen.

Neben ihrer **schriftstellerischen Tätigkeit** ist Vanessa auch in den *sozialen Medien aktiv*, wo sie Einblicke in ihren kreativen Prozess teilt und sich mit ihrer **Community** austauscht. Ihr Ziel ist es, nicht nur als Autorin, sondern auch als kreative Stimme in der Medienbranche Fuß zu fassen und *die Grenzen des traditionellen Geschichtenerzählens* zu erweitern.

Inspiration und Dank
Für alle, die dieses Buch möglich machten

Mein Dank geht an **Kai** und **Giovanni**, die mit ihren kreativen Ideen und hilfreichen Anregungen dieses Projekt bereichert haben. Eure Unterstützung und eure Ratschläge haben mir geholfen, meine Vision zu formulieren und umzusetzen.

Ebenfalls gebührt **Marcel** ein dank, ohne den dieses Buch nie möglich gewesen wäre. Du hast mich auf die Idee gebracht, überhaupt ein Buch zu schreiben. Ich hoffe jedoch, dass dein Flug nicht genauso verläuft wie diese Geschichte – sonst bezeichnest du mich noch als Hexe! Viel Erfolg auf deinem Flug. Nicht Abstürzen.

Ein herzlicher Dank gilt auch allen anderen, die mit ihren Ideen und Gedanken zur Entstehung dieses Buches beigetragen haben.

INHALTSVERZEICHNIS

Prolog

Die Dunkelheit war allgegenwärtig. Sie kroch durch die Schatten, hüllte alles ein, bis es keine Grenzen mehr gab – weder zwischen Himmel und Erde noch zwischen Vergangenheit und Gegenwart. Das leise Rauschen des Windes trug eine fremdartige Melodie mit sich, eine, die gleichermaßen beruhigend wie bedrohlich wirkte. Irgendwo in der Ferne war ein Flüstern zu hören, ein Laut, so leise, dass es beinahe von der Stille verschluckt wurde.

Ein Mann stand reglos am Rand eines Abgrunds. Die raue Oberfläche des Steins unter seinen Füßen fühlte sich seltsam vertraut an, obwohl er sicher war, diesen Ort noch nie zuvor betreten zu haben. Die Luft roch nach Salz und Asche, eine merkwürdige Mischung, die seinen Sinnen widersprach. Er konnte nicht sagen, wie er hierhergekommen war oder warum sein Herz so heftig schlug, als würde es ihn vor etwas warnen, das noch im Verborgenen lag.

Eine Bewegung im Augenwinkel ließ ihn aufblicken. Nur für einen Moment – einen Herzschlag, nicht länger – glaubte er, ein Paar leuchtender Augen im Schatten zu sehen. Sie verschwanden so schnell, wie sie aufgetaucht waren, doch ihr Anblick hinterließ eine Spur von Kälte in ihm, die tiefer ging als die Nacht selbst.

„Es beginnt", flüsterte eine Stimme, so nah, als hätte sie direkt hinter ihm gestanden.

Er wirbelte herum, doch da war nichts. Nur die Dunkelheit und das leise Klopfen seines eigenen Herzens, das ihm wie ein verzerrtes Echo entgegenschlug.

Ohne es zu wollen, spürte er, wie sich seine Füße in Bewegung setzten, ihn forttrugen, hin zu etwas Unbekanntem. Jeder Schritt fühlte sich schwerer an als der letzte, als ob die Luft selbst ihn zurückhalten wollte. Doch er konnte nicht stehenbleiben, nicht jetzt. Die Fragen nagten an seinem Verstand, rissen an ihm, zogen ihn weiter – zu einem Ziel, das er noch nicht begreifen konnte.

Und dann kam der Moment, in dem alles stillstand. Keine Bewegung, kein Flüstern, nicht einmal sein Atem schien die Welt zu durchbrechen. Er wusste nicht, was er erwartete, doch die unheimliche Leere um ihn herum schien zu atmen – zu leben.

Das erste Geräusch kam wie ein Knall: ein einziger, durchdringender Ton, der die Dunkelheit zerschmetterte. Es war der Moment, in dem er verstand, dass es kein Zurück mehr gab.

KAPITEL 1
ÜBERRASCHENDE NÄHE

Marcel zog seinen Koffer hinter sich her und ließ den Blick schweifen. Der Flughafen Frankfurt war so belebt wie immer, Menschen strömten in alle Richtungen, begleitet von den Durchsagen aus den Lautsprechern. „Reisepass und Tickets, Reisepass und Tickets", murmelte er sich zu, um sich selbst zu beruhigen, während er seine Unterlagen im Rucksack suchte. In diesem Moment blitzte die Erinnerung an das Gespräch mit Timo auf, das alles ins Rollen gebracht hatte.

Es war ein lauer Sommerabend, als Timo beiläufig erwähnte, dass die Firma ihn für 18 Monate in die USA schicken würde. „Kannst du dir das vorstellen?" Timo hatte Marcel damals am Telefon regelrecht mit seiner Begeisterung angesteckt. Die Aussicht auf ein neues Abenteuer, auf eine Veränderung im Leben – und natürlich auf die Möglichkeit, den Arbeitskollegen und Freund in der Ferne zu besuchen. Noch am selben Abend hatten sie beschlossen, dass Marcel ihn im Dezember besuchen würde, für drei Wochen. Drei Wochen voller neuer Eindrücke und mit einer freien Unterkunft in New York – wer würde dazu schon Nein sagen?

Doch bevor die Planung wirklich beginnen konnte, musste Marcel feststellen, dass er gar keinen Reisepass besaß. Ein kleiner, fast schon peinlicher Rückschlag, der ihn daran erinnerte, wie wenig er bisher gereist war. „Bisher bin ich ja gerade mal viermal geflogen", dachte er sich, als er Ende August schließlich den Antrag auf den Pass stellte und die Zeit des Wartens begann.

Nun war es Dezember, und die Nervosität in ihm war kaum zu übersehen. Marcel hatte sich eingeredet, dass die Höhenangst im Flugzeug kein Problem sein würde – schließlich saß er fest angeschnallt in einer sicheren Kabine. Doch jetzt, als er die Flugzeuge durch die riesigen Fenster betrachtete, spürte er ein mulmiges Gefühl.

Er grinste bei dem Gedanken an Vanessa, die ihn an einem betrunkenen Abend im September aufgezogen hatte, nachdem er ihr von seinen Reiseplänen erzählt hatte. „Na, wenn du nicht ankommst, schreibe ich ein Buch darüber!" hatte sie mit einem Augenzwinkern gesagt. Marcel hatte es humorvoll genommen, aber dennoch etwas gereizt erwidert: „Red mich doch nicht schon wieder tot." Vanessa lachte nur und nannte ihm verschiedene Buchtitel.

Ein Piepsen aus der Lautsprecheranlage riss ihn aus seinen Gedanken. „Flug 342 nach New York..." Leider konnte er den Rest nicht verstehen, die Lautsprecherdurchsagen konnte man auch vergessen. Am besten musste man selbst nachschauen.

Marcel stellte sich mit klopfendem Herzen in die Schlange vor der Sicherheitskontrolle. Es ging nur langsam voran, und er nutzte die Gelegenheit, um noch einmal seinen Rucksack zu überprüfen. Reisepass, Ticket, Powerbank, Kopfhörer – alles da. Doch sein Blick blieb an einem kleinen, unscheinbaren Beutel hängen. Darin befanden sich die „Spezial-Cookies", die er als „Reiseentspannung" mitgenommen hatte. Er war sich nicht sicher, ob er einen davon nehmen sollte, aber allein das Wissen, dass sie da waren, gab ihm ein Gefühl von Sicherheit.

Als er schließlich an der Reihe war, legte er seine Sachen in die grauen Plastikschalen und schob sie aufs Band. Der Sicherheitsbeamte musterte ihn kurz, bevor er den Rucksack durchleuchtete. Marcel hielt die Luft an. Würden sie ihn wegen der Cookies befragen? Doch der Beamte winkte ihn einfach durch. „Alles in Ordnung", sagte er, während Marcel seine Sachen wieder einsammelte. „Na also", murmelte er erleichtert, nahm den Rucksack und machte sich auf den Weg zum Gate.

Am Gate angekommen, suchte er sich einen Platz am Fenster, von dem aus er einen Blick auf die Rollbahn hatte. Der Gedanke an die bevorstehende Reise ließ ihn nervös werden, also griff er in seinen Rucksack, zog einen der „Spezial-Cookies" heraus und biss hinein. Der Geschmack war süß und angenehm.

„Das sieht ja gut aus", hörte er plötzlich eine Stimme neben sich. Marcel blickte auf und sah eine junge Frau, die ihn mit einem freundlichen Lächeln ansah. Sie hatte dunkles, lockiges Haar und hielt einen Kaffee in der Hand. „Was für ein Cookie ist das?", fragte sie neugierig.

„Äh, ein ganz normaler Chocolate Chip Cookie", log Marcel und schob den letzten Bissen schnell in den Mund.

„Dann muss der wirklich gut sein, so wie du ihn genießt", scherzte sie. Sie setzte sich auf den freien Platz neben ihm. „Ich bin Marry, übrigens. Ich fliege nach Hause in die USA, war ein paar Wochen bei Freunden hier in Deutschland."

„Marcel", stellte er sich vor und reichte ihr die Hand. „Ich fliege auch in die USA, aber zum ersten Mal. Urlaub."

„Wohin fliegst du genau?", fragte Marry, während sie ihren Kaffee umrührte.

„New York", antwortete Marcel und lehnte sich entspannt zurück. „Und du?"

„Na, das passt ja", sagte sie grinsend. „Ich auch. Welcher Flug?" Marcel zog sein Ticket aus der Tasche und hielt es ihr hin. „Flug 342."

„Kein Zufall ist zu groß, oder?" Marry lachte, als sie ihr eigenes Ticket hochhielt. „Genau derselbe Flug."

Marcel konnte nicht anders, als mitzulachen. Es fühlte sich seltsam vertraut an, als hätten sie sich nicht gerade erst kennengelernt. Vielleicht lag es am Cookie, dachte er. Der Cookie. Jetzt, wo er darüber nachdachte, spürte er, dass etwas anders war. Seine Gedanken wurden weicher, entspannter, und die Worte flossen aus ihm heraus, als ob eine unsichtbare Barriere gefallen wäre.

„Also, Marry", begann er, ohne groß nachzudenken, „du scheinst viel zu reisen. Ist das dein Ding, die Welt zu erkunden?"

Marry lehnte sich zurück und lächelte. „Ja, irgendwie schon. Ich liebe es, neue Orte zu sehen, aber diesmal war's nur der Besuch bei Freunden in Deutschland. Und du? Klingt so, als wärest du noch nicht oft geflogen."

„Nicht wirklich", gab Marcel zu. „Ich hab Höhenangst. Also, nicht die krasse Angst, dass ich im Flugzeug durchdrehe, aber ... na ja, es ist ein bisschen unangenehm. Und das hier ist mein erster Langstreckenflug."

„Wow", sagte sie beeindruckt. „Dann bist du mutig. Und wie kommt's, dass du überhaupt fliegst?"

„Mein bester Freund Timo wurde für 18 Monate in die USA geschickt. Wir haben vor Monaten beschlossen, dass ich ihn besuche. Also dachte ich mir: Warum nicht? Zeit für ein Abenteuer."

Während er sprach, bemerkte Marcel, wie leicht ihm die Worte fielen. Normalerweise war er eher zurückhaltend, besonders mit Fremden, doch mit Marry war das anders. Vielleicht lag es wirklich an der Wirkung des Cookies, der ihm ein Gefühl von Wärme und Unbeschwertheit verlieh.

„Und was hast du so geplant?", fragte sie.

„New York, klar, aber ich hab mir einen Leihwagen gebucht, um auch ein bisschen herumzufahren. Ich will nicht nur die Stadt sehen, sondern auch das Land, die Natur. Vielleicht ein paar Nationalparks, andere Städte ... mal sehen."

Marry nickte begeistert. „Das ist eine super Idee. Die Nationalparks sind atemberaubend. Ich wette, du wirst es lieben. Aber sei vorsichtig mit den Straßen dort – manche Gegenden können echt einsam sein."

Marcel lachte. „Na toll. Das klingt ja beruhigend."

Marry zuckte grinsend mit den Schultern. „Nur ein Tipp. Und vielleicht triffst du ja unterwegs interessante Leute, so wie jetzt."

Marcel spürte, wie seine Gedanken ein wenig zu schweben begannen. Die Worte aus ihrem Mund klangen fast melodisch, und die Geschäftigkeit um sie herum verblasste. Der Cookie tat offensichtlich seine Arbeit. Er lehnte sich zurück und ließ die Unterhaltung weiterfließen, während er sich immer mehr auf Marrys angenehme Gegenwart konzentrierte.

Marry und Marcel hatten sich so in ihr Gespräch vertieft, dass Marcel erst bemerkte, wie viel Zeit vergangen war, als er auf die Anzeigetafel blickte. Die Abflugzeit war um 20 Minuten verschoben worden.

„Hm, Verspätung", sagte er beiläufig und zeigte auf die Anzeige.

„Ach, typisch", sagte Marry und zuckte mit den Schultern. „Das passiert so oft. Solange es nicht Stunden sind, stört mich das nicht wirklich."

„Geht mir genauso", antwortete Marcel. Doch bevor er weiterreden konnte, begann ein Mann ein paar Reihen weiter lautstark zu schimpfen.

„Das ist doch lächerlich! 20 Minuten? Unmöglich! Ich habe Termine, Leute! Was denken die sich eigentlich? So eine Unverschämtheit!"

Der Mann hatte die Aufmerksamkeit des halben Gates auf sich gezogen und schnaubte nun wie ein wütender Stier, während er die Hände in die Hüften stemmte.

Marry verdrehte die Augen und lehnte sich zu Marcel herüber. „Diese 20 Minuten, darauf kommt es doch jetzt echt nicht an."

Marcel grinste breit und konnte sich eine Bemerkung nicht verkneifen. „Tja, manche Leute würden sich wahrscheinlich auch beschweren, wenn sie im Paradies in der Schlange stehen müssten."

Marry musste sich eine Hand vor den Mund halten, um nicht zu laut zu lachen. „Oh Mann, das ist gut", brachte sie hervor. „Den Spruch merk ich mir."

Der Mann, der sie anscheinend gehört hatte, warf ihnen einen genervten Blick zu, doch das störte Marcel nicht. Marry wischte sich die Tränen aus den Augen und streckte ihm die Hand hin.

„Ich glaube, ich mag dich, Marcel", sagte sie mit einem breiten Grinsen. „Auf einen guten Flug."

„Auf einen guten Flug", erwiderte Marcel, schlug ein und fühlte sich seltsam entspannt – vielleicht wegen des Cookies, vielleicht wegen Marrys angenehmer Art.

Die beiden setzten ihr Gespräch fort und begannen, auch über persönlichere Themen zu sprechen. Marcel erzählte von Timo und der langen Freundschaft, die sie verband, und wie sehr er sich auf das Wiedersehen freute.

„Und du?", fragte er schließlich. „Was machst du so, wenn du nicht gerade durch die Welt reist?"

Marry legte den Kopf leicht schief und überlegte kurz. „Ich arbeite in einer Bibliothek. Nichts Besonderes, aber ich liebe es. Bücher, Ruhe und manchmal interessante Gespräche mit den Leuten, die kommen. Und du?"

„Ich arbeite in einem Büro in der Produktion, nichts Spektakuläres, meistens auch nur Pause machen", gab Marcel zu. „Aber es ist okay. Reisen ist für mich ein großer Schritt raus aus der Routine. Einfach mal weg."

„Das merkt man", sagte Marry mit einem freundlichen Lächeln. „Aber ich finde, du machst das super. Manchmal muss man einfach springen."

Das Boarding wurde schließlich ausgerufen, und die beiden schnappten sich ihre Sachen, immer noch in ein Gespräch vertieft.

Als Marcel und Marry schließlich ins Flugzeug einstiegen, setzten sie ihr Gespräch fort, während sie sich durch den schmalen Gang zu ihren Sitzplätzen bewegten. Marcel saß in Reihe 17, Platz F – ein Fensterplatz, eine angenehme Abwechslung von der Hektik des Flughafens.

Marry blickte auf ihr Ticket und blieb kurz stehen. „Reihe 17, Platz E", sagte sie und sah zu ihm hinüber. „Das gibt's doch nicht, wir sitzen wirklich nebeneinander!"

Marcel schüttelte lachend den Kopf. „Okay, das wird jetzt langsam unheimlich. Aber hey, besser so. Ich könnte schlimmere Sitznachbarn haben."

Marry lachte und ließ ihn vorgehen, um sich auf seinen Platz zu setzen. Doch bevor sie sich hinsetzen konnte, hielt Marcel inne und drehte sich zu ihr um.

„Weißt du was? Nimm meinen Platz. Der Fensterplatz gehört dir."

Marry sah ihn überrascht an. „Echt jetzt? Aber das ist doch deiner. Du hast dafür bezahlt."

„Ist schon okay", sagte Marcel mit einem Lächeln. „Du hast gesagt, dass du Roadtrips liebst und die Aussicht. Also, hier ist deine Chance, die beste Aussicht überhaupt zu genießen – in 10.000 Metern Höhe."

Marry schüttelte den Kopf, konnte sich aber ein Lächeln nicht verkneifen. „Du bist echt nett, Marcel. Danke."

„Keine Ursache", antwortete er, während er sich auf den mittleren Platz setzte. „Außerdem habe ich ja Höhenangst. Ich brauche den Fensterplatz nicht wirklich."

Marry lachte, während sie ihren Rucksack unter den Sitz schob und sich ans Fenster lehnte. „Okay, fair genug."

Nachdem sie sich bequem eingerichtet hatten, bemerkte Marcel, wie ruhig es neben ihm war. Er und Marry saßen ganz allein in der Reihe. Er lehnte sich zurück und versuchte, die leichten Anzeichen von Nervosität zu ignorieren, die seine Höhenangst auslösten.

Kurz bevor das Flugzeug abhob, warf Marry ihm einen Blick zu. „Danke nochmal. Echt."

„Gern geschehen", antwortete er und spürte, dass er die richtige Entscheidung getroffen hatte. „Jetzt bist du dran, mir von der Landschaft zu erzählen."

„Deal", sagte sie mit einem Augenzwinkern.

Während das Flugzeug langsam zur Startbahn rollte, begann Marcel, die angenehme Gesellschaft von Marry immer mehr zu schätzen. Es versprach, ein interessanter Flug zu werden.

Das Flugzeug rollte langsam auf die Startbahn. Marcel spürte, wie sein Herzschlag schneller wurde, je näher sie dem Start kamen. Die Motoren heulten auf, und als die Maschine beschleunigte, um abzuheben, klammerte er sich mit beiden Händen so fest an die Armlehnen, dass seine Knöchel weiß hervortraten. Seine Augen waren auf den Sitz vor ihm fixiert, und er zwang sich, ruhig zu atmen.

Marry, die neben ihm saß, bemerkte seine Anspannung sofort. Sie legte ihre Hand sanft auf seinen Unterarm. „Hey, alles gut", sagte sie leise, ihre Stimme ruhig und warm. „Es ist nur der Start. Gleich wird es besser, versprochen."

Marcel nickte stumm, wagte es aber nicht, sie anzusehen. Er biss die Zähne zusammen, als die Maschine schließlich abhob und sich der Boden unter ihnen entfernte. Der Druck auf seine Ohren verstärkte das Gefühl der Beklemmung, und er hielt sich weiter krampfhaft fest.

Marry beobachtete ihn einen Moment, dann lehnte sie sich ein Stück näher. Sie legte ihre Hand sanft an seine Wange, ein vorsichtiger, fast fragender Kontakt.

„Schau mich an", sagte sie leise, ohne ihm die Wahl zu lassen. Mit leichtem Druck drehte sie seinen Kopf ein wenig in ihre Richtung.

Marcel zögerte, doch schließlich hob er den Blick und sah ihr direkt in die Augen. Ihr Gesicht war nah, ihre Augen ruhig und voller Wärme. Für einen Moment schien die Zeit stillzustehen. Der Lärm der Motoren, das leichte Ruckeln der Maschine – alles verschwand. Es war, als gäbe es nur diesen Augenblick, nur die beiden.

Er wusste nicht, wie lange sie sich einfach nur ansahen, aber in diesem kurzen Moment fühlte er, wie die Anspannung in ihm nachließ. Seine Hände lockerten ihren Griff um die Armlehnen, und er atmete langsam aus.

„Besser?", fragte Marry schließlich, ihre Stimme fast ein Flüstern.

Marcel nickte, fast benommen. „Ja ... danke."

Doch innerlich war er verwirrt. Was war das gerade? Dieser Moment fühlte sich anders an – intensiver, als er erwartet hatte. Es war, als hätte sich etwas zwischen ihnen verändert, ohne dass jemand ein Wort darüber verloren hatte. Er lehnte sich zurück und zwang sich, ruhig zu bleiben. Die Wirkung des Cookies, dachte er. Das muss es sein. Aber gleichzeitig wusste er, dass es nicht nur das war. Etwas war geschehen, etwas, das er nicht wirklich erklären konnte.

Marry lächelte ihn an und drehte sich dann wieder zur Fensterseite, während Marcel versuchte, sich zu sammeln. „Die Cookies wirken echt … anders, als ich gedacht hätte", murmelte er leise zu sich selbst und schüttelte kaum merklich den Kopf.

Marcel lehnte sich in seinen Sitz zurück, seine Hände noch leicht auf den Armlehnen ruhend, als er versuchte, seinen Kopf klarzubekommen. Doch das war leichter gesagt als getan. Irgendetwas war gerade passiert. Dieser Moment, als Marry ihn angesehen hatte – ihre Hand an seiner Wange, die Wärme in ihren Augen – ließ ihn nicht los. Es war, als hätte sich in seinem Kopf ein Schalter umgelegt.

Warum fühlte er sich plötzlich so zu ihr hingezogen? Sie kannten sich doch kaum. Bis vor ein paar Stunden war sie einfach nur eine Fremde gewesen, die zufällig neben ihm im Gate saß. Aber jetzt … jetzt war da etwas, das er nicht ignorieren konnte.

Marcel riskierte einen kurzen Blick zu ihr. Marry starrte aus dem Fenster, ihr Gesicht entspannt, ihr Profil sanft beleuchtet vom schwachen Licht des Flugzeugs. Ihre Lippen bewegten sich leicht, als sie etwas vor sich hin summte, und ihr Lächeln wirkte so echt, so ungezwungen.

Sein Magen zog sich zusammen, und er konnte nicht genau sagen, ob es die Wirkung des Cookies war oder etwas anderes. Was auch immer es war, es fühlte sich unheimlich intensiv an.

„Alles okay?" Marry drehte sich plötzlich zu ihm um, und Marcel bemerkte, dass er sie wohl etwas zu lange angesehen hatte.

Er räusperte sich schnell und zwang sich, zu lächeln. „Ja, alles gut. Nur ... ich bin wohl immer noch ein bisschen nervös wegen des Fliegens."

Sie musterte ihn für einen Moment, dann lächelte sie wieder. „Du machst das gut, wirklich. Es wird immer leichter. Und hey, falls du nochmal nervös wirst, kannst du mich einfach wieder anschauen. Scheint ja geholfen zu haben."

Marcel spürte, wie ihm die Hitze ins Gesicht schoss, und lachte verlegen. „Ja, das scheint es wirklich."

Marry grinste, drehte sich aber wieder zum Fenster. Marcel ließ den Kopf nach hinten sinken und schloss kurz die Augen. Sein Herzschlag hatte sich noch immer nicht beruhigt.

Was war das? Warum fühlte er sich plötzlich so, als hätte ihn ein Blitz getroffen? Es war nicht nur das Aussehen – Marry war hübsch, klar, aber es war mehr als das. Ihre Energie, ihre Art, ihn zu beruhigen, die Leichtigkeit, mit der sie ihn zum Lachen brachte. Er fühlte sich auf eine Weise zu ihr hingezogen, die er nicht erwartet hatte.

„Reiß dich zusammen, Marcel", murmelte er leise zu sich selbst. Doch in seinem Inneren wusste er, dass das nicht so einfach werden würde. Marry hatte etwas in ihm berührt, und dieser Flug würde wohl länger und intensiver werden, als er es sich jemals hätte vorstellen können.

Marcel sammelte sich und drehte sich leicht zu Marry. Sie hatte wieder aus dem Fenster geblickt, aber als sie bemerkte, dass er sie ansah, lächelte sie.

„Du wirkst entspannter", bemerkte sie und zog ihre Beine leicht an, um es sich bequemer zu machen.

„Liegt vielleicht daran, dass ich eine professionelle Flugbegleiterin an meiner Seite habe", scherzte Marcel und erntete ein leises Lachen von ihr.

„Oh, glaub mir, ich bin weit entfernt von professionell." Sie zog ihre Jacke enger um die Schultern und sah ihn an. „Aber wenn es dir hilft, kannst du mich ruhig so sehen."

Marcel grinste. „Es hilft tatsächlich."

Die beiden unterhielten sich weiter, dieses Mal über leichtere Themen. Marry erzählte von ihrer Liebe zu Büchern und wie sie sich manchmal in der Bibliothek, in der sie arbeitete, heimlich selbst in die Geschichten verlor. Marcel wiederum berichtete von seinen Lieblingsfilmen und davon, wie er als Kind immer davon geträumt hatte, Regisseur zu werden.

„Also, wer weiß", sagte Marry und stützte das Kinn in die Hand, „vielleicht sitzt hier der nächste große Regisseur Hollywoods?"

„Oder der Typ, der den Kaffee für die großen Regisseure holt", entgegnete Marcel trocken, was Marry erneut zum Lachen brachte.

„Ach, ich glaube, du könntest mehr als das", sagte sie und sah ihn an, als würde sie tatsächlich daran glauben.

Die Zeit verging, und die Gespräche flossen so leicht, dass sie kaum merkten, wie sich das Flugzeug sanft durch die Nacht bewegte. Die Kabine war mittlerweile in ein schummriges Licht getaucht, und die meisten Passagiere hatten sich zurückgelehnt, viele mit geschlossenen Augen.

Marry gähnte leicht und schob sich noch ein wenig tiefer in ihren Sitz. „Ich glaube, ich werde gleich einschlafen", murmelte sie.

Marcel nickte. „Gute Idee. Ich sollte auch ein bisschen Schlaf bekommen."

Sie lächelte müde, dann lehnte sie ihren Kopf gegen die Wand neben dem Fenster. Marcel lehnte sich ebenfalls zurück, schloss die Augen und spürte die sanfte Bewegung des Flugzeugs, die ihn langsam in den Schlaf wiegte.

Für einen Moment spürte er, wie Marry ihren Kopf leicht bewegte, und als er die Augen halb öffnete, sah er, dass sie sich ihm unbewusst ein Stück zugedreht hatte, ihr Gesicht friedlich und entspannt.

Ein leichtes Lächeln umspielte seine Lippen, bevor auch er die Augen schloss und langsam in einen ruhigen Schlaf glitt. Der Flug war noch lang, und für jetzt war alles ruhig – zumindest für den Moment.

KAPITEL 2
DER FALL INS UNGEWISSE

Marcel spürte, wie das Flugzeug sich erneut schüttelte. Die Turbulenzen wurden stärker, und die Anspannung in seiner Brust nahm zu. Mit einer flinken Bewegung griff er in den Rucksack, der unter dem Sitz vor ihm lag. Seine Finger ertasteten das harte, rechteckige Buchcover – das Buch, das Vanessa ihm vor seiner Abreise gegeben hatte.

„Marcel alleine in New York?" stand in geschwungenen Lettern darauf, direkt über einem Bild, das ihn jedes Mal aufs Neue irritierte. Der Mann auf dem Cover sah ihm unheimlich ähnlich – die gleiche Haltung, der ernste Blick, sogar die Kleidung wirkte vertraut. Vanessa hatte damals gelacht, als sie ihm das Buch gab.

„Jetzt hast du etwas zu lesen, falls dir langweilig wird", hatte sie gesagt.

Marcel hatte darüber gelacht, aber irgendetwas an ihrer Stimme hatte ihn stutzig gemacht. Als ob sie etwas wusste, das er nicht wusste. „Was soll das?", hatte er sie gefragt, als er das Cover genauer betrachtete.

„Künstlerische Freiheit", hatte sie geantwortet und ihm einen frechen Blick zugeworfen. Doch die Worte „Am Rand des Abgrunds" unter dem Titel hatten ihm dennoch einen Schauer über den Rücken gejagt.

Jetzt, hier im Flugzeug, hielt er das Buch in der Hand und überlegte, es aufzuschlagen. Er hatte es noch nicht gelesen, obwohl er es die ganze Zeit bei sich trug.

Vielleicht hatte er Angst davor, was er darin finden würde. Vanessa hatte immer betont, dass es nur eine „Story" sei, inspiriert von seinen Reiseplänen. Aber was, wenn mehr dahintersteckte?

Sein Blick wanderte zu Marry, die ihn beobachtete. „Was ist das?", fragte sie und nickte zu dem Buch. Marcel versuchte zu lächeln, aber es fiel ihm schwer.

„Oh, nichts Besonderes", murmelte er und legte es hastig wieder in den Rucksack zurück.

Marry zog eine Augenbraue hoch, schwieg aber. Marcel lehnte sich zurück, doch die Gedanken in seinem Kopf ließen ihn nicht los. Das Buch, Marry, die Turbulenzen – es fühlte sich an, als wäre er mitten in der Geschichte, die Vanessa geschrieben hatte. Und wenn das stimmte...

Er schüttelte den Kopf. „Das ist nur Zufall", murmelte er leise zu sich selbst, doch der Gedanke klammerte sich fest. Was, wenn Vanessa mehr wusste, als sie zugegeben hatte?

Die Turbulenzen wurden stärker, und Marcel spürte, wie sein Magen erneut einen unangenehmen Hüpfer machte. Das Flugzeug schien von unsichtbaren Händen hin und her geschüttelt zu werden, und das laute Klappern der Gepäckfächer über ihm ließ seine Finger wieder die Armlehnen umklammern.

„Okay, das wird ein bisschen ungemütlich", sagte Marry mit einem schwachen Lächeln. Sie versuchte, ruhig zu bleiben. „Aber keine Sorge, das ist normal. Flugzeuge sind für sowas gebaut."

„Wenn du das sagst", murmelte Marcel und versuchte, ruhig zu atmen. Doch es war nicht nur die unruhige Luft, die ihn nervös machte. Sein Blick wanderte erneut zum Rucksack, wo das Buch lag.

Der Gedanke daran, dass Vanessa vielleicht wirklich etwas wusste, lähmte ihn.

Marry musterte ihn und neigte den Kopf zur Seite. „Du siehst aus, als hättest du etwas auf dem Herzen. Willst du darüber reden?"

Marcel zögerte. Sollte er ihr wirklich davon erzählen? Es klang verrückt, aber vielleicht würde es ihm helfen, seine Gedanken zu ordnen. Ein kurzer Blick in Marrys Augen reichte, um zu spüren, dass sie wirklich zuhören wollte.

„Okay, hör zu", begann er und beugte sich ein Stück zu ihr. „Das könnte jetzt seltsam klingen, aber... dieses Buch, das ich im Rucksack habe, beschreibt irgendwie genau meine Reise."

Marry runzelte die Stirn, doch sie schien interessiert. „Deine Reise? Wie meinst du das?"

„Also, eine Arbeitskollegin von mir – Vanessa – hat dieses Buch geschrieben", erklärte er, rang nach den richtigen Worten. „Es ging alles damit los, dass ich ihr im Sommer erzählt habe, dass ich Timo in New York besuchen würde. Wir waren beide auf der Kirmes, und ich war ein bisschen betrunken. Ich hab ihr so halb im Scherz gesagt, dass ich hoffe, der Flug würde gut gehen und nichts passieren."

Marry nickte, sagte aber nichts und ließ ihn weitersprechen.

„Und weißt du, was sie daraufhin gesagt hat?" Marcel lachte nervös. „'Wenn du nicht ankommst, schreibe ich ein Buch darüber.' Ich dachte, sie macht Witze. Aber ein paar Wochen später zeigt sie mir ein Buchcover, auf dem jemand abgebildet ist, der genauso aussieht wie ich! Und jetzt kommt's: Sie hat mir gesagt, dass ich im Buch eine Frau namens Marry treffe."

Marrys Augen weiteten sich. „Moment mal. Dein Buch hat eine Figur, die so heißt wie ich?"

„Genau das meine ich", sagte Marcel, der sich jetzt leicht in Rage redete. „Das ist doch gruselig, oder? Ich meine, sie hat es als Scherz hingestellt, aber jetzt sitze ich hier, in diesem Flugzeug, neben dir – einer Marry – und alles, was bisher passiert ist, steht genauso in diesem verdammten Buch."

Marry wirkte nachdenklich, aber nicht so schockiert, wie Marcel es erwartet hatte. „Okay, das ist schon ein bisschen unheimlich", gab sie zu. „Aber vielleicht ist es Zufall? Ich meine, sie hat dir ja nicht den Flug zugeteilt."

„Klar, Zufall", murmelte Marcel. „Aber weißt du, was mich wirklich fertig macht? Sie hat mir nie gesagt, wie das Buch endet. Sie meinte nur, dass ich es selbst herausfinden würde. Und weißt du, was noch gruseliger ist? Auf dem Cover sieht man ein Flugzeug, das abstürzt."

Marry schluckte, doch sie bewahrte ihre Fassung. „Das klingt wirklich... beunruhigend. Aber Marcel, hör zu. Du bist hier, in der Realität. Das ist nur ein Buch, verstehst du? Es ist keine Prophezeiung oder so etwas."

„Ich wünschte, ich könnte das glauben", antwortete Marcel leise und lehnte sich zurück, während das Flugzeug weiter durch die Luft geschüttelt wurde.

Doch tief in seinem Inneren konnte er sich nicht von dem Gedanken befreien, dass das, was Vanessa geschrieben hatte, irgendwie mehr war als nur eine zufällige Geschichte.

Die Turbulenzen wurden noch stärker. Das Flugzeug wurde so stark durchgerüttelt, dass die Anschnallzeichen erneut aufleuchteten und eine Flugbegleiterin durch die Kabine lief, um sicherzustellen, dass alle angeschnallt waren. Einige Passagiere schauten nervös um sich, und Marcel bemerkte, dass auch Marry jetzt etwas blasser um die Nase wurde.

„Das ist... nicht mehr normal, oder?" fragte er und musste seine Stimme heben, um das lauter werdende Dröhnen der Flugzeugmotoren zu übertönen.

Marry atmete tief ein und schüttelte den Kopf. „Flugzeuge sind dafür gebaut. Alles gut. Bleib einfach ruhig." Doch ihre Worte klangen weniger überzeugend als vorher.

Ein erneuter Ruck ging durch die Maschine, heftiger als die Male davor, und eine Frau auf der anderen Seite des Ganges stieß einen erschrockenen Schrei aus. Die Kabine wurde von einem unheimlichen Licht erfüllt, das durch plötzliche Blitze von außen noch verstärkt wurde. Es war, als ob die Welt außerhalb des Flugzeugs in Aufruhr geraten wäre – ein chaotischer Sturm, der sie in der Dunkelheit gefangen hielt.

Marcel spürte, wie seine Hände wieder die Armlehnen umklammerten. Sein Herz raste, und er konnte nicht mehr klar denken. „Verdammt, das fühlt sich an wie... wie..."

„Wie was?" fragte Marry, die jetzt selbst Schwierigkeiten hatte, ruhig zu bleiben.

„Wie in diesem Buch", stieß Marcel hervor. „Genau so hat Vanessa es beschrieben! Turbulenzen, Chaos, Panik... und dann..." Er brach ab, unfähig, den Satz zu beenden.

Ein weiterer Schlag – das Flugzeug sackte für einen schockierenden Moment ab, und die Luft in der Kabine war plötzlich erfüllt von panischen Schreien und hektischen Stimmen. Eine ältere Frau in der Reihe vor ihnen begann laut zu beten, während ein Mann hinter ihnen versuchte, beruhigend auf jemanden einzureden.

„Okay, das ist jetzt wirklich schlimm", murmelte Marry, ihre Hände krampfhaft auf der Armlehne zwischen ihnen ruhend. Sie sah Marcel an, und zum ersten Mal sah er echte Angst in ihren Augen. „Wir sollten uns einfach festhalten und versuchen, ruhig zu bleiben."

„Ruhig bleiben?" Marcel lachte nervös, doch es klang eher wie ein Wimmern. „Das hier ist keine normale Turbulenz mehr. Marry, ich glaube... ich glaube, etwas stimmt nicht."

Das Flugzeug schüttelte erneut, heftiger diesmal, und plötzlich fiel ein Gepäckstück aus dem Fach über ihnen direkt in den Gang. Der Aufprall ließ einige Passagiere noch lauter aufschreien.

„Verdammt", flüsterte Marry, ihre Finger gruben sich so fest in die Armlehne, dass ihre Knöchel weiß wurden. „Das fühlt sich wirklich nicht mehr sicher an."

„Genau wie im Buch", murmelte Marcel erneut, seine Gedanken rasten. „Sie hat gesagt, dass es so beginnt. Erst die Turbulenzen, dann Panik... und dann..."

„Marcel, hör auf!" Marry packte seinen Arm, ihre Augen suchten hektisch die seinen. „Das ist kein verdammtes Buch! Wir sind hier, im echten Leben!"

Doch Marcel konnte nicht aufhören. Die Erinnerungen an das Cover, an Vanessas Worte, an jede kleine Andeutung schienen sich wie eine düstere Prophezeiung in seinem Kopf zusammenzufügen. Und das Dröhnen der Motoren, die Schreie der Passagiere und das Rucken des Flugzeugs machten es nur noch schlimmer.

Plötzlich erklang die Stimme des Piloten über die Lautsprecher, diesmal lauter und ernster: „Liebe Fluggäste, wir befinden uns in schwerem Wetter. Bitte bleiben Sie angeschnallt. Wir versuchen, eine stabilere Flugbahn zu finden."

Doch die Worte schienen niemanden zu beruhigen. Die Panik war greifbar, und Marcel spürte, wie seine eigene Angst ihn zu übermannen drohte. Die Realität verschwamm mit seinen schlimmsten Vorstellungen, und er konnte sich nicht mehr sicher sein, ob er wirklich wach war – oder ob er längst Teil von Vanessas Buch geworden war.

Das Flugzeug bebte nun ununterbrochen, und das Dröhnen der Motoren wurde von einem unheilvollen Knirschen begleitet, das durch die Kabine hallte. Marcel spürte, wie die Panik in der Luft immer dichter wurde, fast wie eine physische Kraft, die ihn nach unten drückte.

Plötzlich durchzuckte ein greller Blitz die Dunkelheit außerhalb der Fenster, gefolgt von einem dröhnenden Krachen, das durch die gesamte Maschine vibrierte. Die Lichter flackerten kurz und gingen dann vollständig aus. Ein schockierter Schrei hallte durch die Kabine, als das Flugzeug für einen Moment in völliger Dunkelheit lag, nur erhellt von den unregelmäßigen Blitzen des Sturms.

„Oh Gott... was war das?", stieß Marry hervor, ihre Stimme voller Panik.

„Ich weiß es nicht!", rief Marcel zurück, während er verzweifelt versuchte, die Kontrolle über seinen Atem zu behalten. Doch bevor er etwas hinzufügen konnte, spürte er ein weiteres heftiges Rucken, und die Maschine sackte plötzlich ab, als hätte der Sturm sie wie ein Spielzeug gepackt.

Dann hörte Marcel das Unvorstellbare: Ein lautes, metallisches Reißen, das sich anfühlte, als würde das Flugzeug selbst auseinanderbrechen. Über ihnen öffnete sich ein Teil der Gepäckfächer, und lose Gegenstände flogen durch die Kabine. Marcel warf einen Blick nach hinten und sah, wie eine Notbeleuchtung flackernd anging – und den Riss enthüllte, der sich über den Rumpf des Flugzeugs zog.

„Der Rumpf...", flüsterte Marry, ihre Augen geweitet vor Entsetzen. „Es bricht auseinander!"

Die Schreie der Passagiere erreichten ein neues, ohrenbetäubendes Level, als ein Teil des Rumpfes tatsächlich nachgab und ein klaffender Spalt entstand, durch den der Sturm unbarmherzig hereinbrach. Der Druckabfall war augenblicklich spürbar – ein ohrenbetäubendes Zischen erfüllte die Kabine, und lose Gegenstände wurden nach draußen gesogen.

Marcel klammerte sich verzweifelt an seine Armlehne, während der Luftdruck ihn fast aus dem Sitz zu reißen drohte. Er konnte spüren, wie Marry neben ihm nach seinem Arm griff, doch der Sturm war so stark, dass er kaum realisieren konnte, was geschah.

„Halte dich fest!", schrie sie, doch ihre Stimme wurde vom ohrenbetäubenden Heulen des Windes verschluckt.

Das Flugzeug verlor weiter an Höhe, und für einen schrecklichen Moment spürte Marcel, wie die Schwerkraft ihn aus seinem Sitz hob. Das Gefühl war so überwältigend, dass er kaum bemerken konnte, wie sich der Spalt im Rumpf weiter ausdehnte.

Die Kabine füllte sich mit kalter, schneidender Luft, und einige Passagiere, die sich nicht rechtzeitig angeschnallt hatten, wurden aus ihren Sitzen gerissen und verschwanden in der Dunkelheit.

Plötzlich gab es einen weiteren lauten Ruck, und der Boden unter ihnen begann zu zittern. Marcel spürte, wie sich seine Gurte lösten – vielleicht durch die Kraft des Windes oder durch den Riss im Sitz selbst. Er versuchte, sich festzuhalten, doch der Druck war zu stark.

„Marry!", schrie er, während seine Hände nach ihr griffen. Doch in diesem Moment gab der Rumpf direkt neben ihnen nach, und ein klaffendes Loch öffnete sich. Der Wind riss ihn mit brutaler Gewalt aus seinem Sitz, und das Letzte, was er sah, war Marrys panisches Gesicht, bevor auch sie von der Kabine erfasst wurde und in die Nacht geschleudert wurde.

Marcel konnte nicht einmal schreien – die Luft wurde ihm aus den Lungen gepresst, als er durch die stürmische Dunkelheit geschleudert wurde.

Er sah das Flugzeug über sich, ein schimmernder, zerrissener Schatten gegen den grellen Hintergrund des Blitzes, bevor es in der Dunkelheit verschwand.

Der Sturm tobte um ihn herum, doch in der Ferne konnte er etwas erkennen – das glitzernde Schwarz des Ozeans, das unaufhaltsam näherkam. Es war ein schreckliches, aber auch seltsam beruhigendes Gefühl: Er wusste, dass er fallen würde, und er wusste, dass es wehtun würde. Aber er war am Leben.

Für einen kurzen Moment hörte der Sturm auf, und alles wurde still – nur das unaufhörliche Pfeifen des Windes und das Donnern des Ozeans unter ihm blieben. In diesem Augenblick realisierte er, dass er und Marry nicht mehr weit vom Boden entfernt waren. Sie hatten eine Überlebenschance, wenn der Aufprall sie nicht völlig zerstörte.

KAPITEL 3
JENSEITS DES STURMS

Eisige Kälte durchdrang Marcels Körper wie tausend Nadeln, als er ins Wasser schlug. Der Aufprall raubte ihm die Sinne, und für einen schrecklichen Moment wusste er nicht, wo oben oder unten war. Wasser drang in seine Nase, in seinen Mund – er kämpfte verzweifelt darum, an die Oberfläche zu kommen. Endlich, nach endlosen Sekunden, tauchte er auf und sog gierig die kalte, salzige Luft ein.

Um ihn herum tobte der Sturm weiter. Wellen türmten sich auf, schwarz und bedrohlich gegen den immer wieder vom Blitz erhellten Himmel. Das Heulen des Windes mischte sich mit dem tosenden Rauschen des Ozeans, und Marcel fühlte sich winzig, wie ein Spielzeug, das im Chaos hin- und hergeworfen wurde.

„Marry!" schrie er, seine Stimme ein verzweifeltes Krächzen. Er blickte sich panisch um, doch alles, was er sah, waren die aufgewühlten Wellen, die ihn in jede Richtung drückten. Seine Arme und Beine fühlten sich schwer an, und ein brennender Schmerz zog durch seine Rippen – vermutlich gebrochen.

Ein Blitz zuckte über den Himmel und beleuchtete kurz eine Silhouette, nicht weit von ihm entfernt. „Marry!" schrie er erneut und paddelte, so gut es ging, in die Richtung. Jede Bewegung war eine Qual, seine Muskeln schrien vor Erschöpfung, doch er musste sie finden.

„Hier!" Eine schwache Stimme drang durch den Sturm. Marcel folgte dem Klang und entdeckte schließlich Marry, die sich mühsam über Wasser hielt.

Ihr Gesicht war bleich, und ihre Bewegungen waren langsam – zu langsam. „Marry! Halt durch!" rief er, als er endlich bei ihr ankam.

Sie sah ihn an, ihre Augen voller Schmerz und Erleichterung zugleich. „Ich... ich kann nicht mehr..." Ihre Stimme war kaum hörbar.

„Doch, du kannst!" Marcel packte sie unter den Armen und versuchte, sie über Wasser zu halten. Er spürte, dass sie ebenfalls verletzt war – vermutlich ihre Schulter, die seltsam schief wirkte. „Ich lass dich nicht los, hörst du? Wir schaffen das!"

Der Sturm ließ keine Gnade walten. Die Wellen schubsten sie auseinander, doch Marcel hielt sie fest, so gut er konnte. Schließlich, nach endlosen Minuten des Kampfes, bemerkte er etwas im Wasser – ein großes, flaches Objekt, das auf den Wellen trieb.

„Marry, schau! Da drüben!" Er deutete mit seinem Kopf in die Richtung, doch sie schüttelte schwach den Kopf. „Ich... ich kann nicht..."

„Doch, du kannst!" Marcel mobilisierte die letzten Kräfte in seinem Körper und zog sie mit sich, bis sie das Objekt erreichten. Es war ein großes Stück des Flugzeugrumpfes, vielleicht ein Teil einer Tür. Es schwamm stabil genug, um sie zu tragen.

Mit äußerster Anstrengung half er Marry, sich darauf zu ziehen, bevor er selbst darauf kletterte. Beide lagen keuchend auf der improvisierten Rettung, ihre Körper zitterten vor Kälte und Schmerz.

„Wir leben", murmelte Marry schließlich, ihre Stimme kaum mehr als ein Flüstern. „Wie... wie ist das möglich?"

Marcel schüttelte den Kopf, unfähig zu antworten. Sein Atem war schwer, und seine Gedanken verschwammen. Doch eine Sache war klar: Sie hatten überlebt – zumindest für den Moment.

Um sie herum tobte der Sturm weiter, und der Ozean blieb gnadenlos. Aber sie lebten. Und das war genug, um die nächste Herausforderung anzugehen.

Der Sturm tobte weiter, und die Wellen drohten, sie von dem treibenden Stück Flugzeugrumpf zu reißen. Marcel lag keuchend darauf, während Marry reglos neben ihm lag. Ihre Haut war blass, fast bläulich, und ihre Lippen zitterten vor Kälte.

„Bleib bei mir, Marry", murmelte Marcel, seine Stimme heiser und gebrochen. Er hatte keine Ahnung, wie lange sie schon im Wasser waren, aber sein Körper fühlte sich an, als wäre jede einzelne Faser aus Stahlseilen geknüpft und zerrissen. Der Schmerz in seiner Brust, seinen Armen und Beinen war fast betäubend, aber er durfte jetzt nicht aufgeben – nicht, wenn Marry ihn brauchte.

Er überprüfte ihren Atem, legte eine Hand an ihren Hals. Es war schwach, aber sie lebte. „Das schaffst du", flüsterte er, auch wenn er sich nicht sicher war, ob er es zu ihr oder sich selbst sagte.

Ein weiteres Mal durchzuckte ein Blitz die Dunkelheit, und Marcel blinzelte, als er etwas in der Ferne sah. Es war schwierig zu erkennen, aber es sah aus wie ein weiteres großes Objekt, das auf den Wellen schwamm. Vielleicht ein größeres Stück des Flugzeugs? Oder etwas anderes, das Halt bieten konnte?

Er wusste, dass er nicht lange zögern durfte. Mit einem letzten Kraftakt richtete er sich auf und begann, das Trümmerstück, auf dem sie beide lagen, mit seinen Händen und Beinen in Richtung des

Objekts zu paddeln. Der Wind und die Wellen machten es fast unmöglich, aber er ließ nicht nach.

„Fast da... fast da...", murmelte er, mehr zu sich selbst als zu Marry, die noch immer bewusstlos war. Schließlich, nach einer schier endlosen Ewigkeit, erreichte er das, was sich als ein Teil eines aufblasbaren Rettungsbootes entpuppte, das sich offenbar von der Maschine gelöst hatte.

Es war beschädigt und teilweise mit Wasser gefüllt, aber es war besser als nichts. Marcel schob Marry vorsichtig auf das schwimmende Gefährt, während seine Arme brannten und seine Lungen nach Luft schrien. Sie glitt fast ins Wasser zurück, doch er hielt sie fest und zog sie weiter hinein, bis sie sicher lag.

„Jetzt du", murmelte er zu sich selbst und sammelte seine letzten Kräfte, um sich selbst ins Boot zu ziehen. Seine Muskeln weigerten sich fast, aber er schaffte es, sich auf den Rand zu hieven und ins Innere zu fallen. Das Boot schwankte gefährlich, doch es blieb über Wasser.

„Wir haben's geschafft", murmelte er und ließ sich auf den Rücken fallen, das eiskalte Wasser auf dem Boden ignorierend. Sein Blick war auf den pechschwarzen Himmel gerichtet, durchbrochen von Blitzen, die den Sturm wie ein unheilvolles Spektakel erleuchteten.

Sein Atem war schwer, und sein Körper zitterte unkontrolliert. Er wusste, dass sie noch nicht in Sicherheit waren. Das Meer war riesig, und die Chancen, dass sie gefunden wurden, waren gering. Aber sie hatten zumindest eine Möglichkeit, sich über Wasser zu halten.

Er drehte den Kopf zu Marry. Ihre Augen waren geschlossen, und sie war völlig regungslos. Marcel zog sie ein Stück näher zu sich, um sie so gut es ging zu wärmen. „Du bleibst bei mir, hörst du? Ich lass dich nicht einfach gehen." Seine Stimme zitterte, sowohl vor Erschöpfung als auch vor Angst.

Er wollte nicht sterben. Aber noch mehr wollte er nicht, dass sie es tat.

Die Minuten vergingen, oder waren es Stunden? Marcel wusste es nicht. Seine Augen fielen immer wieder zu, nur um durch das Heulen des Windes oder das Schaukeln des Bootes erneut geöffnet zu werden. Der Sturm ließ allmählich nach, und in der Ferne schimmerte ein schwaches Licht – das erste Zeichen, dass vielleicht doch Hoffnung bestand.

Doch Marcel war zu erschöpft, um sicher zu sein, ob es real war oder nur ein Trugbild. Seine Hände lagen schlaff neben ihm, seine Muskeln vollständig ausgelaugt. Er ließ seinen Kopf auf den Rand des Bootes sinken und starrte auf das Licht, das näher zu kommen schien.

„Bleib bei mir", flüsterte er erneut zu Marry, doch diesmal schien die Dunkelheit ihn selbst einzuholen.

Die Kälte und Erschöpfung gewannen schließlich die Oberhand. Marcel konnte seine Augen nicht länger offenhalten, und sein Körper, taub vor Schmerz und Müdigkeit, gab nach. Neben ihm lag Marry immer noch regungslos. Das aufblasbare Boot trieb weiter, mit den Wellen als einzigem Antrieb.

Wie durch ein Wunder fanden sie Stunden später Land. Das kleine Rettungsboot wurde von den sanfter werdenden Wellen an eine einsame Küste getragen, bis es mit einem dumpfen Geräusch auf feinem, nassem Sand zum Stehen kam. Die Sonne war gerade erst aufgegangen, ihr Licht tauchte die Szene in goldene Wärme, die in starkem Kontrast zu der eisigen Dunkelheit stand, die Marcel und Marry durchlebt hatten.

Marcel war der Erste, der langsam zu sich kam. Sein Körper fühlte sich an, als wäre er durch einen Fleischwolf gedreht worden – seine Muskeln schmerzten bei jeder Bewegung, und seine Haut war von der salzigen Feuchtigkeit gereizt. Er blinzelte gegen das grelle Sonnenlicht und merkte erst nach ein paar Sekunden, dass er festen Boden unter sich spürte.

„Land...", murmelte er, fast ungläubig. Er drehte den Kopf und sah Marry, die noch immer regungslos neben ihm lag. Sein Herz setzte einen Schlag aus. „Marry!"

Er kroch zu ihr und schüttelte sie vorsichtig an der Schulter. „Hey, wach auf! Wir haben es geschafft. Wir sind auf... Land." Seine Stimme brach, als er das letzte Wort sprach. Nach einigen qualvollen Sekunden öffnete sie langsam die Augen und blinzelte ihn an.

„Marcel? Was... wo sind wir?" Ihre Stimme war schwach, aber sie lebte, und das war alles, was zählte.

„Ich weiß es nicht", gab er ehrlich zu und half ihr, sich aufrecht hinzusetzen. „Aber wir sind nicht mehr im Wasser. Das ist doch schon mal was."

Gemeinsam schafften sie es, aus dem beschädigten Rettungsboot zu klettern und sich auf den trockenen Sand zu setzen. Die Insel, auf der sie gestrandet waren, war klein und von einer dichten Vegetation umgeben. Hohe Palmen und Büsche rahmten den Strand ein, und das einzige Geräusch, das zu hören war, war das sanfte Rauschen der Wellen.

Marcel blickte zurück zum Wasser und sah etwas treiben. Sein Herzschlag beschleunigte sich, als er erkannte, dass es sein Rucksack war. Mit schmerzenden Gliedern schleppte er sich ins seichte Wasser und zog den Rucksack an Land. Doch als er ihn öffnete, starrte er mit leerem Blick hinein. „Nein... das gibt's doch nicht."

„Was ist los?", fragte Marry, die ihn mühsam beobachtete.

„Das Buch... es ist weg", sagte Marcel, seine Stimme voller Frustration. „Vanessas Buch. Es war im Rucksack, und jetzt... jetzt ist es weg!"

Marry runzelte die Stirn, wirkte aber wenig beeindruckt. „Marcel, ich verstehe, dass dir das Buch wichtig ist, aber vielleicht ist das ja auch besser so."

„Besser?", wiederholte Marcel ungläubig. „Das Buch ist... war meine einzige Möglichkeit zu wissen, wie das alles endet. Vanessa hat darin alles beschrieben, und ich... ich hatte gehofft, dass ich irgendeinen Hinweis finden würde."

Marry schüttelte den Kopf und lehnte sich gegen einen Baumstamm. „Ich weiß, dass du glaubst, Vanessa hat die Zukunft vorhergesehen. Aber komm schon, Marcel. Es war nur ein Buch. Eine Geschichte. Du kannst nicht ernsthaft glauben, dass sie..."

„Und was ist mit dir?", unterbrach Marcel sie. „Was ist mit all den Dingen, die sie beschrieben hat? Dass ich auf diesen Flug gehe, dich treffe, die Turbulenzen, der Absturz? Du kannst nicht leugnen, dass sie all das genau so geschrieben hat!"

Marry seufzte, aber sie hatte keine Energie mehr, mit ihm zu streiten. „Egal, was ich denke, Marcel. Wir sind jetzt hier. Auf dieser Insel. Und wir müssen herausfinden, wie wir hier wegkommen."

Marcel nickte widerwillig und ließ den Rucksack auf den Boden fallen. Er wusste, dass sie recht hatte – sie mussten überleben. Doch die Leere, die das Fehlen des Buches hinterließ, war wie ein bohrender Schmerz in seinem Kopf. Ohne die Geschichte wusste er nicht, was als Nächstes passieren würde, und das machte ihm mehr Angst als alles andere.

„Okay", sagte er schließlich, während er sich umblickte. „Erstmal müssen wir uns einen Überblick verschaffen. Vielleicht gibt es hier irgendwo frisches Wasser oder etwas Essbares."

„Und einen Plan, wie wir ein Signal senden können", fügte Marry hinzu, während sie langsam aufstand, ihre Hand an die verletzte Schulter haltend.

Gemeinsam begannen sie, den Strand entlangzugehen. Die Sonne stieg höher, und mit ihr wuchs die Hoffnung – aber auch die Unsicherheit. Marcel konnte nicht aufhören, über das Buch nachzudenken. Es war weg, aber die Geschichte, die darin beschrieben wurde, lebte weiter – und sie war jetzt ihre Realität.

Marcel ließ den Rucksack neben sich in den Sand fallen und starrte einen Moment lang darauf, als wäre er eine Schatztruhe voller Geheimnisse. Trotz seiner Erschöpfung und des nagenden Schmerzes in seinem Körper zwang er sich, erneut hineinzusehen. Vielleicht hatte das Meer doch nicht alles zerstört.

Mit zittrigen Händen öffnete er den Reißverschluss und wühlte sich durch die durchnässten Überreste seiner Sachen. Die meisten Dinge waren unbrauchbar – ein zerfetztes Notizbuch, ein aufgeweichtes Ladekabel. Doch dann spürte er etwas Hartes. Er zog es heraus und hielt sein Handy in der Hand. Es war noch intakt, aber völlig durchnässt. Marcel schluckte schwer und drückte den Power-Button. Das Display flackerte, dann erschien das vertraute Logo.

„Es geht noch an", murmelte er ungläubig und drehte sich zu Marry, die ihn müde ansah.

„Das ist gut", sagte sie, aber ihre Stimme klang erschöpft und schwach.

Er suchte weiter und fand ein kleines, wasserdichtes Fach im Inneren des Rucksacks, das er fast vergessen hatte. Darin befand sich eine Plastikbox mit ein paar Überlebensutensilien, die er vorsorglich eingepackt hatte: ein Taschenmesser, ein Feuerzeug und eine Packung Energieriegel, die noch halbwegs in Ordnung waren. Es war nicht viel, aber es war besser als nichts.

„Ich hab das Handy, ein paar Riegel und ein Feuerzeug", sagte Marcel, während er die Sachen vorsichtig ausbreitete.

„Vielleicht ein guter Start." Marry versuchte zu lächeln, aber sie hielt immer noch ihre verletzte Schulter und sah aus, als würde sie jede Sekunde umkippen.

Marcel nickte und richtete sich auf. „Warte, ich schau mal, ob ich eine Nachricht abschicken kann."

Er entsperrte das Handy und sah sofort das Symbol für keinen Empfang. Natürlich. Sie waren mitten im Nirgendwo, und von Mobilfunkmasten war weit und breit nichts zu sehen. Doch er wollte es trotzdem versuchen.

Mit schnellen Fingern tippte er eine Nachricht an Timo: „Haben überlebt." Er starrte einen Moment auf den Text und überlegte, ob er mehr hinzufügen sollte, doch dann drückte er auf „Senden".

Das Symbol drehte sich, suchte nach einem Netz, aber nichts passierte. Frustriert wollte er gerade eine zweite Nachricht schreiben, doch dann erlosch der Bildschirm. Sein Handy war tot.

„Scheiße", flüsterte er und ließ es sinken.

„Kein Glück?", fragte Marry schwach.

Marcel schüttelte den Kopf und steckte das Handy zurück in den Rucksack. „Akku leer. Ich hab's versucht."

„Dann bleibt uns wohl nichts anderes übrig, als uns selbst zu helfen", sagte Marry, während sie sich langsam aufrichtete. „Wir können hier nicht einfach sitzen und auf ein Wunder hoffen."

Marcel nickte, auch wenn er innerlich noch immer frustriert war. Er ging zum Rettungsboot zurück, das immer noch halb im Wasser lag, und begann, die wenigen Dinge herauszuziehen, die noch brauchbar waren. Darunter war auch eine Leuchtraketenpistole mit zwei verbleibenden Patronen. Er hielt sie hoch und zeigte sie Marry.

„Zwei Schüsse. Damit sollten wir vorsichtig sein", sagte er, während er die Pistole in den Rucksack packte.

Marry nickte. „Sparen wir sie für den richtigen Moment."

Trotz der Schmerzen, die durch ihre Körper zogen, machten sie sich schließlich auf den Weg, um die Insel zu erkunden. Der Sand war heiß unter ihren Füßen, und die dichten Büsche, die das Innere der

Insel säumten, wirkten wie ein unbezwingbarer Dschungel. Doch sie wussten, dass sie nicht einfach am Strand bleiben konnten.

„Vielleicht finden wir irgendwo frisches Wasser oder etwas Essbares", sagte Marcel und half Marry, über einen großen Felsen zu klettern.

„Und vielleicht gibt es irgendwo ein Zeichen von Zivilisation", fügte sie hinzu, obwohl ihre Stimme nicht sehr überzeugt klang.

Der Weg war beschwerlich, und jeder Schritt fühlte sich wie eine endlose Qual an. Doch die Hoffnung, dass sie irgendwo Hilfe finden könnten, trieb sie voran. Sie wussten, dass sie nur eine Chance hatten: Überleben. Und sie mussten zusammenhalten, wenn sie das schaffen wollten.

KAPITEL 4
MAGIE DER WILDNIS

Timo saß auf seinem Sofa, ein Teller mit halb aufgegessener Pizza vor ihm und der Fernseher leise im Hintergrund. Der Tag war ruhig verlaufen, und er hatte sich mit einer Serie entspannt, als plötzlich das laufende Programm unterbrochen wurde. Eine Eilmeldung erschien auf dem Bildschirm, begleitet von einem schrillen Signalton, der ihn zusammenzucken ließ.

"Flugzeugabsturz über dem Atlantik – Keine Überlebenden erwartet."

Er starrte auf den Bildschirm, sein Kopf arbeitete langsam, als die Worte allmählich zu ihm durchdrangen. Bilder von Trümmern, die auf dem Wasser trieben, tauchten auf. Das Meer war unruhig, und Rettungskräfte suchten mit kleinen Booten und Hubschraubern nach Überlebenden. Die Stimme des Sprechers war ruhig, fast kalt, während er die Details der Katastrophe erklärte.

"Ein Flug von Frankfurt nach New York ist in der Nacht aufgrund schwerer Turbulenzen abgestürzt. Bisher gibt es keine Hinweise auf Überlebende. Die Ermittlungen laufen, und die Angehörigen der Passagiere werden derzeit informiert."

Timo hörte die Worte, doch sie schienen weit weg. Frankfurt nach New York. Sein Magen zog sich zusammen. Das war Marcels Flug. Der Gedanke kam so plötzlich, dass er sich dabei ertappte, wie er sich die Flugnummer ins Gedächtnis rief, die Marcel ihm beiläufig erwähnt hatte.

Er griff nach seinem Handy und suchte hektisch die letzte Nachricht von Marcel. "Bin gleich am Gate. Bis bald!" Timo starrte auf den Text und spürte, wie ein Schauer durch seinen Körper lief. Es war wirklich sein Flug. Der Flug, von dem jetzt überall gesprochen wurde.

Seine Hände zitterten, während er nach der Notfallnummer suchte, die während der Nachrichtensendung eingeblendet wurde. Mit einem tiefen Atemzug wählte er die Nummer. Die Zeit schien stillzustehen, während sein Herz wie verrückt schlug. Bilder von Marcel tauchten vor seinem inneren Auge auf – wie sie zusammen gelacht hatten, der letzte gemeinsame Abend, Marcels Lächeln. Der Gedanke, ihn tatsächlich verloren zu haben, war zu viel. Es war, als würde ein Teil von ihm selbst mit ins kalte, unbarmherzige Wasser des Atlantiks gezogen werden.

Nach einigen Sekunden meldete sich eine ruhige, professionelle Stimme. "Rettungsleitstelle für den Flugzeugabsturz. Wie kann ich Ihnen helfen?"

"Mein... mein Bruder", stotterte Timo, ohne groß nachzudenken. "Er war in diesem Flugzeug. Ich muss wissen, was mit ihm ist." "Könnten Sie mir bitte den Namen Ihres Bruders nennen?", fragte die Frau am anderen Ende ruhig.

"Marcel...", sagte Timo hastig.

Ein Moment der Stille folgte, begleitet von dem Geräusch von Tastenanschlägen. "Wir haben momentan keine Informationen über einzelne Passagiere. Die Such- und Rettungsmaßnahmen laufen noch. Wenn Sie möchten, können wir Ihre Kontaktdaten aufnehmen, um Sie zu benachrichtigen, sobald wir mehr wissen."

"Das... das reicht mir nicht!", rief Timo, seine Stimme zitterte vor Anspannung. "Können Sie mir nicht irgendetwas sagen? Er könnte... er könnte es doch geschafft haben, oder?"

"Sir, ich verstehe Ihre Sorge, aber wir können momentan nichts bestätigen. Wir werden die Angehörigen informieren, sobald es neue Informationen gibt. Bitte bleiben Sie geduldig. Könnten Sie mir Ihre Telefonnummer geben?"

Timo gab widerwillig seine Nummer durch und ließ das Handy danach auf die Couch fallen. Sein Kopf schwirrte, sein Magen war ein einziger Knoten. "Keine Überlebenden." Diese Worte hatten sich in seinen Geist eingebrannt, doch er wollte sie nicht akzeptieren. Die Verzweiflung krallte sich in seinem Inneren fest. Wie sollte er weitermachen, wenn Marcel nicht mehr da war?

Er war nicht Marcels Bruder – sie waren nur Kollegen, die sich im Laufe der Zeit angefreundet hatten. Doch das hatte er nicht sagen können, denn ohne eine familiäre Verbindung hätte er wohl gar keine Informationen erhalten. Jetzt saß er da, starrte auf die Trümmer im Fernseher und flüsterte leise zu sich selbst: "Bitte, Marcel... bitte sei nicht da unten."
Die Bilder der Trümmer verschwanden nicht aus seinem Kopf, und der Gedanke, dass er vielleicht nie wieder von Marcel hören würde, ließ ihn nicht los.

Marcel und Marry schleppten sich durch den dichten Sand, ihre Bewegungen schwerfällig und langsam. Die Sonne stand hoch am Himmel, und die Hitze lastete unerbittlich auf ihren erschöpften Körpern. Marry hielt sich ihre verletzte Schulter, während Marcel immer wieder den Blick schweifen ließ, in der Hoffnung, irgendetwas zu entdecken, das ihnen helfen könnte.

Nach einer gefühlt endlosen Zeit stieß Marry plötzlich Marcel mit ihrer unverletzten Hand an und deutete auf etwas in der Ferne. "Schau... da vorne! Siehst du das?"

Marcel kniff die Augen zusammen und folgte ihrem Blick. Tatsächlich – in der Ferne erhob sich ein kleines, schlichtes Gebäude. Es wirkte alt, aber intakt, und war von niedrigen Büschen umgeben. Hoffnung keimte in ihm auf. "Das könnte unsere Rettung sein", sagte er, obwohl er nicht sicher war, ob er es wirklich glaubte.

Mit ihren letzten Kräften kämpften sie sich durch den Sand bis zur Hütte. Sie war aus groben Holzbrettern gebaut, die von der Zeit und dem Wetter gezeichnet waren, doch sie hielt stand. Die Fenster waren mit dicken Holzläden verschlossen, und die Tür hing schief in den Angeln.

Marcel klopfte vorsichtig an die Tür. "Hallo? Ist hier jemand?" Seine Stimme hallte hohl zurück, doch es kam keine Antwort. Nach einem Moment drückte er die Tür auf, die mit einem knarrenden Geräusch nachgab.

Das Innere der Hütte war dunkel, aber geräumiger, als es von außen wirkte. Ein einzelnes Bett stand in einer Ecke, daneben ein kleiner Tisch mit einem Stuhl. Auf dem Tisch lagen Papiere, Kartenausschnitte und eine alte Lampe. An der Wand hing ein Funkgerät, das von einem Bündel Kabeln gespeist wurde, die zu einem kleinen Generator in der Ecke führten.

"Sieht aus, als ob hier jemand gelebt hat", sagte Marry, während sie vorsichtig eintrat und die Umgebung musterte.

Marcel ging direkt zum Tisch und betrachtete die Papiere. Es waren handgeschriebene Notizen, die von Pflanzen, Tieren und Wetterbeobachtungen handelten. Unter den Papieren entdeckte er eine grobe Karte, die eine langgezogene Insel zeigte. In großen Buchstaben stand darauf: Sable Island.

"Das muss die Insel sein", sagte er, hielt die Karte hoch und zeigte sie Marry. "Wir sind auf Sable Island."

Marry nickte schwach. "Hab ich schon mal gehört. Eine einsame Insel mitten im Atlantik. Wildpferde... aber keine Menschen, zumindest nicht dauerhaft. Was machen wir jetzt?"

Marcel blickte zum Funkgerät. Es war alt, aber es sah aus, als wäre es noch funktionstüchtig. "Vielleicht kann uns das hier helfen." Er ging zum Gerät und untersuchte es. Der Generator schien intakt zu sein, und als er einen Schalter umlegte, hörte er ein leises Summen.

"Es funktioniert", sagte er, fast ungläubig. "Wir können versuchen, jemanden zu erreichen."

"Dann mach schon", drängte Marry, ihre Stimme voller Dringlichkeit.

Marcel setzte sich vor das Funkgerät und drehte an den Reglern. Ein Knistern erfüllte die kleine Hütte, und er schaltete durch verschiedene Frequenzen. "Hallo? Kann mich jemand hören? Hier sind Überlebende eines Flugzeugabsturzes. Wir sind auf einer Insel... Sable Island. Bitte, hört uns jemand?"

Es folgte nur Rauschen. Marcel wiederholte die Nachricht mehrmals, jede Wiederholung ein wenig verzweifelter. Schließlich drehte er sich zu Marry um, seine Schultern sanken. "Nichts. Ich glaube, es funktioniert nicht richtig... oder niemand hört uns."

Marry setzte sich auf den Rand des Bettes und fuhr sich mit der unverletzten Hand durchs Haar. "Wir können es später nochmal versuchen. Vielleicht hört uns irgendwann jemand."

Marcel nickte langsam, doch die Stille des Funkgeräts war wie ein schwerer Schlag. Er hatte gehofft, dass dies ihre Rettung wäre. Doch es sah so aus, als müssten sie noch länger auf sich allein gestellt bleiben.

Er richtete sich auf und begann, die Hütte genauer zu durchsuchen. Vielleicht fanden sie noch etwas, das ihnen helfen konnte. Marry beobachtete ihn schweigend, während die Realität ihrer Lage immer mehr Gewicht bekam.

"Wir geben nicht auf", sagte Marcel schließlich, mehr zu sich selbst als zu Marry. "Wir haben das Flugzeug überlebt, also überleben wir das hier auch."

Die Zeit verging quälend langsam. Marcel und Marry saßen in der Hütte, die Hoffnung auf eine schnelle Rettung schwand mit jedem verstreichenden Moment. Das Funkgerät hatte weiterhin nur Rauschen ausgespuckt, und die Realität ihrer Situation begann, sie einzuholen. Sie waren allein, gestrandet auf einer abgelegenen Insel, ohne zu wissen, ob überhaupt jemand nach ihnen suchte.

Marcel saß am Tisch und starrte auf die Karte von Sable Island, während Marry am Fenster stand, ihre verletzte Schulter vorsichtig stützend.

"Was machen wir, wenn niemand kommt?", fragte sie schließlich, ihre Stimme leise, fast ein Flüstern.

"Jemand wird kommen", sagte Marcel, doch seine Stimme hatte nicht die Entschlossenheit, die er vortäuschen wollte.

Bevor Marry antworten konnte, wurden sie von einem plötzlichen Geräusch unterbrochen. Ein tiefes, durchdringendes Wiehern hallte durch die Luft, gefolgt von dem dumpfen Dröhnen von Hufen auf Sand.

"Was war das?", fragte Marcel alarmiert und sprang auf.

Marry blickte aus dem Fenster und riss die Augen auf. "Oh mein Gott... Marcel, komm her. Schnell!"

Er trat hastig neben sie und sah, was sie meinte. Draußen, keine zwanzig Meter von der Hütte entfernt, preschte eine große Herde wilder Pferde über den Strand. Sie bewegten sich in perfekter Harmonie, ihre Körper muskulös und geschmeidig, während ihre Mähnen im Wind wehten. Es waren mindestens zwanzig Tiere, vielleicht mehr, und sie kamen direkt auf die Hütte zu.

"Oh verdammt", murmelte Marcel, der instinktiv einen Schritt zurücktrat. "Was machen wir, wenn sie...?"

Doch die Pferde bremsten ab, bevor sie die Hütte erreichten, und standen jetzt still, als hätten sie beschlossen, hier zu verweilen. Vor ihnen erhob sich ein imposanter schwarzer Hengst. Seine glänzende Mähne war zerzaust vom Wind, und seine Haltung strahlte eine solche Autorität aus, dass Marcel keinen Zweifel hatte: Das war der Anführer der Herde.

Der Hengst ließ ein weiteres tiefes Wiehern hören und trat langsam vor, als ob er die Hütte genauer betrachten wollte. Seine dunklen Augen fixierten die beiden Gestalten, die ihn durch das Fenster beobachteten. Der Hengst beobachtete sie mit einer Intelligenz, die Marcel fast unheimlich vorkam. Es war, als wollte er etwas mitteilen.

"Er kommt näher", sagte Marry, ihre Stimme klang eher neugierig als ängstlich.

"Das sehe ich auch", erwiderte Marcel und hielt sie instinktiv am Arm fest, als sie die Tür öffnete. "Warte mal! Was machst du da?"

"Es ist okay", sagte Marry ruhig, löste sich von ihm und trat hinaus. "Ich kenne Pferde. Die spüren, wenn du Angst hast."

"Ja, und die spüren auch, wenn sie dich umrennen können", murmelte Marcel, blieb aber hinter ihr stehen, bereit, einzugreifen, falls etwas schiefging.

Der schwarze Hengst blieb stehen, als Marry sich ihm näherte. Sie hob langsam ihre Hand und sprach leise auf ihn ein. "Hey, Großer. Ich will dir nichts tun."

Der Hengst spitzte die Ohren und schnaubte, aber er blieb stehen. Er beobachtete sie aufmerksam, während Marry Schritt für Schritt näherkam. Als sie schließlich nur noch eine Armlänge von ihm entfernt war, streckte sie ihre Hand aus.

"Bist du sicher, dass das eine gute Idee ist?", rief Marcel, der von der Tür aus zusah und nervös von einem Fuß auf den anderen trat.

"Ja, sei leise", flüsterte Marry, ohne den Hengst aus den Augen zu lassen.

Das Pferd schnupperte vorsichtig an ihrer Hand und schnaubte erneut, aber dieses Mal sanfter. Es wirkte fast so, als hätte es beschlossen, ihr zu vertrauen. Langsam senkte es den Kopf, und Marry lächelte.

"Siehst du?", sagte sie leise. "Er vertraut mir. Das ist genug."

Marcel wollte gerade etwas erwidern, als sich ein weiteres Pferd aus der Herde löste. Eine schöne, graue Stute mit sanften Augen näherte sich langsam dem Hengst. Sie trat an seine Seite und stupste ihn sanft mit der Schnauze an. Der Hengst reagierte, indem er seinen Kopf an ihren Hals schmiegte, eine zärtliche Geste, die Marcel verblüffte.

"Sieh dir das an", murmelte Marry, die immer noch fasziniert vor dem Hengst stand. "Die beiden gehören zusammen. Schau, wie sie sich umeinander kümmern."

Marcel konnte nicht anders, als zu staunen. Die Wildheit der Tiere, die er zuerst befürchtet hatte, war verschwunden, ersetzt durch etwas Ruhiges, fast Mystisches. Für einen Moment vergaß er die Situation, in der sie sich befanden, und sah einfach nur zu, wie die beiden Pferde miteinander kommunizierten. Sie wirkten wie Schutzgeister der Insel, Wesen, die ihnen Hoffnung brachten.

Der Hengst ließ ein leises Wiehern hören, drehte sich schließlich um und ging langsam zurück zur Herde, die noch immer in sicherer Entfernung stand. Die Stute folgte ihm, dicht an seiner Seite.

"Wow", sagte Marcel schließlich, seine Stimme kaum mehr als ein Flüstern.

"Ja", stimmte Marry zu, während sie sich langsam umdrehte und zurück zur Hütte ging. "Vielleicht ist diese Insel doch nicht so leer, wie wir gedacht haben."

Die Wildpferde verweilten noch einen Moment in der Nähe der Hütte, bevor sie sich langsam wieder in Bewegung setzten. Der schwarze Hengst führte die Herde an, die in einer grazilen, harmonischen Bewegung über den Sand verschwand. Marcel und

Marry standen schweigend da und beobachteten das Schauspiel, als wäre es eine Szene aus einem Film.

"Das war... unglaublich", sagte Marry schließlich, ihre Stimme leise, fast ehrfürchtig.

"Ja", stimmte Marcel zu, seine Augen noch immer auf den Punkt gerichtet, an dem die Pferde verschwunden waren. "Wie etwas aus einer anderen Welt."

Sie standen noch einen Moment schweigend da, bevor Marcel sich ruckartig umdrehte. "Aber wir können uns das Staunen später leisten. Wir haben noch einiges zu tun."

Marry nickte und sah zum Himmel hinauf. Die Sonne stand bereits hoch am Himmel, ihr Stand zeigte, dass der Mittag längst erreicht war. "Wir sollten nicht zu weit von der Hütte weggehen. Wer weiß, wie schnell es hier dunkel wird."

"Stimmt", sagte Marcel und ließ den Blick über den Strand schweifen. "Vielleicht sollten wir uns erstmal auf das Wesentliche konzentrieren. Essen und ein Feuer. Wir brauchen etwas, das uns die Nacht über warm hält."

Gemeinsam machten sie sich daran, die nähere Umgebung der Hütte zu erkunden. Sie fanden einige Büsche mit Beeren, die essbar aussahen. Marry erinnerte sich an ein paar Pflanzen, die sie aus einem alten Survival-Buch kannte. Marcel war skeptisch, doch er hatte keine bessere Idee.

Ohne viel Worte sammelten sie die Beeren, kehrten zur Hütte zurück und entfachten ein kleines Feuer mit dem Feuerzeug aus Marcels Rucksack. Der Rauch stieg in die Abendluft, während die Flammen knisterten und eine wohlige Wärme verbreiteten.

Als die Dunkelheit sich über die Insel legte, saßen sie zusammen auf dem Boden vor dem Feuer. Marry hatte eine Decke aus der Hütte geholt, die sie beide um sich geschlungen hatten. Sie war alt und ein wenig muffig, aber sie hielt sie warm.

"Weißt du", sagte Marry leise, "das Feuer fühlt sich fast wie ein Stück Zivilisation an. Als ob wir... na ja, als ob wir nicht so allein wären."

Marcel nickte nur, während er in die Flammen starrte. Keine großen Worte, aber es war klar, dass sie beide wussten, was der andere dachte. Ihre Handlungen, das Beisammensein, das gemeinsame Feuer – all das zeigte, dass sie nicht aufgeben würden.

Die beiden saßen schweigend da, dicht aneinander gekuschelt, während die Flammen vor ihnen tanzten. Die Geräusche der Insel – das sanfte Rauschen der Wellen, das gelegentliche Rascheln der Büsche im Wind – wirkten wie eine Beruhigung in der Nacht.

Marry lehnte sich ein Stück näher an Marcel, während die Dunkelheit um sie herum immer dichter wurde. Der Moment fühlte sich fast friedlich an, eine stille Einigung, dass sie alles tun würden, um zu überleben.
Und so verbrachten sie ihre erste Nacht auf der Insel, im Licht des Feuers und mit der Hoffnung, dass der nächste Tag neue Möglichkeiten bringen würde.

KAPITEL 5
HOFFNUNG IM ANGESICHT DER WILDNIS

Die Sonne ging langsam über dem Horizont auf und tauchte die kleine Insel in ein sanftes, goldenes Licht. Marcel öffnete die Augen und spürte sofort den stechenden Schmerz in seinem Rücken – eine Erinnerung daran, dass die Hütte zwar Schutz bot, aber alles andere als komfortabel war. Neben ihm hörte er Marry leise wimmern, ihre verletzte Schulter schien über Nacht noch schlimmer geworden zu sein.

„Hey, Marry," sagte er sanft und setzte sich langsam auf. „Wie geht's dir?"

Sie öffnete die Augen, ihre Wimpern klebten leicht von der Feuchtigkeit der Nacht. „Besser wäre gelogen," murmelte sie und verzog das Gesicht, als sie versuchte, ihre Schulter zu bewegen. Marcel stand auf, ging zu ihrem provisorischen Lager und kniete sich neben sie. „Lass mich mal schauen," sagte er leise, bevor er ihre Schulter vorsichtig untersuchte. Seine Hände zitterten leicht, als er den Stoff um ihre Schulter befühlte. „Ich glaube, ich kann dir eine Schlinge basteln. Es ist nicht ideal, aber es hilft vielleicht."

„Ich vertraue dir," murmelte Marry und biss die Zähne zusammen, als er ihre verletzte Schulter mit einem Stück Stoff aus seiner zerrissenen Jacke stützte.

„So," sagte Marcel schließlich, nachdem er die improvisierte Schlinge festgezurrt hatte. „Das sollte den Druck ein bisschen mindern. Du musst sie aber schonen, okay?"

Marry nickte, ein schwaches Lächeln spielte um ihre Lippen. „Danke, Doktor Marcel."
Er lachte trocken. „Nenn mich bloß nicht Doktor. Ich hab keine Ahnung, was ich hier tue. Ich brauchte nur die Stunden, Ersthelfer bin ich nicht wirklich." Doch in seinem Ton schwang etwas Erleichterung mit.

Er stand auf, strich sich den Sand von der Hose und blickte nach draußen. „Wir sollten weiter nach Essen suchen," sagte er und warf einen Blick zurück zu Marry, die sich langsam aufrichtete. „Wenn wir Glück haben, finden wir noch ein paar Kokosnüsse oder irgendetwas anderes Essbares."

„Solange du nicht vorschlägst, die Wildpferde zu essen, bin ich dabei," entgegnete sie mit einem sarkastischen Unterton, bevor sie sich schwerfällig auf die Beine stemmte.

Marcel schüttelte den Kopf und grinste. „Keine Sorge. Die scheinen uns eher zu beschützen, als uns auf dem Teller zu landen."
Gemeinsam verließen sie die Hütte, das erste Licht des Morgens auf ihrer Haut, und machten sich auf den Weg in die Wildnis – bereit, sich dem nächsten Kampf ums Überleben zu stellen.

Die beiden gingen schweigend durch den weichen Sand, der unter ihren Füßen nachgab. Jeder Schritt war mühsam, und die Müdigkeit hing schwer auf ihren Schultern. Marry hielt ihren verletzten Arm eng an den Körper gedrückt, während Marcel immer wieder die Umgebung absuchte – nicht nur nach Essen, sondern auch nach möglichen Gefahren.

„Da vorne," sagte er plötzlich und zeigte auf eine Gruppe von Palmen in der Nähe der Küste. „Vielleicht haben wir Glück und finden ein paar Kokosnüsse."

Marry nickte nur, zu erschöpft, um zu sprechen. Als sie näherkamen, entdeckten sie tatsächlich einige große, grüne Nüsse, die noch in den Palmen hingen. Marcel betrachtete den Stamm der größten Palme, der glatt und unendlich hoch wirkte.

„Das wird... interessant," murmelte er und legte seinen Rucksack ab.

„Willst du da wirklich hoch?" Marry sah ihn skeptisch an, ihre Stirn in Falten gelegt. „Das könnte schiefgehen."

„Hast du einen besseren Vorschlag?" Er lächelte schief, dann packte er den Stamm mit beiden Händen und begann vorsichtig hinaufzuklettern. Der raue Stamm ritzte seine Handflächen auf, doch er biss die Zähne zusammen und zog sich Stück für Stück nach oben.

„Pass auf!" rief Marry von unten, als er kurz abrutschte. Ihr Gesichtsausdruck war eine Mischung aus Sorge und Ärger. „Wenn du dir auch noch was brichst, sind wir beide geliefert."
„Ist schon gut," keuchte Marcel und erreichte endlich den ersten Büschel Kokosnüsse. Er löste eine, die sofort mit einem dumpfen Geräusch zu Boden fiel. „Eine weniger," murmelte er, dann griff er nach der nächsten.

Als er schließlich mit drei Kokosnüssen wieder am Boden stand, ließ er sich erschöpft ins Gras fallen. „Das reicht fürs Erste," sagte er schwer atmend. „Jetzt kommt der schwierige Teil: die Dinger zu öffnen."

Marry setzte sich neben ihn und betrachtete die Braune Schale einer der Kokosnüsse. „Ich hätte jetzt gerne einen Hammer... oder einen sehr großen Stein."

Marcel lachte trocken und hob eine der Nüsse hoch. „Vielleicht reicht auch pure Willenskraft."

Mit ein paar gezielten Schlägen gegen einen scharfkantigen Stein schaffte er es, die Schale zu knacken. Die Milch der Kokosnuss lief heraus, und er hielt die Frucht vorsichtig in die Höhe. „Ladies first," sagte er mit einem leichten Grinsen und reichte sie Marry.

„Nicht schlecht," sagte sie, während sie vorsichtig trank. Der süße, milde Geschmack war eine willkommene Abwechslung nach der ständigen Trockenheit ihrer Kehlen. „Ich gebe zu, du bist ziemlich nützlich."

„Das ist die schönste Art, wie mich je jemand ‚nützlich' genannt hat," entgegnete Marcel und nahm die Nuss, nachdem sie fertig war.

Sie teilten die Kokosnüsse in aller Ruhe und spürten, wie ihre Energie langsam zurückkehrte. Doch bevor sie weiterziehen konnten, bemerkten sie eine Bewegung am Rande ihres Sichtfeldes.

„Schau," flüsterte Marry und deutete auf die Wildnis vor ihnen. Marcel folgte ihrem Blick und entdeckte die Herde Wildpferde, die am Rand des Waldes stand und sie aus der Ferne beobachtete. Die majestätischen Tiere wirkten ruhig, fast neugierig.

„Da sind sie wieder," sagte Marcel leise, seine Stimme fast ehrfürchtig. „Ich frage mich, warum sie immer so nah bleiben."

„Vielleicht spüren sie, dass wir keine Gefahr sind," antwortete Marry, die sich vorsichtig erhob. „Oder sie suchen Gesellschaft. Wer weiß."

Die beiden sahen der Herde einen Moment lang zu, bevor Marcel schließlich sagte: „Wir sollten weiter. Vielleicht finden wir noch mehr Nahrung – oder Wasser."

Marry nickte und folgte ihm, als sie sich langsam von den Pferden entfernten. Der Hunger war fürs Erste gestillt, doch die wirkliche Herausforderung lag noch vor ihnen.

Während sie sich weiter durch das unwegsame Gelände kämpften, spürten beide die Anstrengung in jeder Faser ihres Körpers. Die Sonne stieg höher und brannte unbarmherzig auf sie herab. Marry hielt sich ihre verletzte Schulter, und Marcel warf ihr immer wieder besorgte Blicke zu.

„Alles okay?" fragte er schließlich, während sie eine kurze Pause unter einem schattigen Baum machten.

„Es geht schon," murmelte sie und setzte sich vorsichtig auf den Boden. „Es ist nicht die Schulter, die mich fertig macht. Es ist... alles. Die Hitze, der Hunger, diese Ungewissheit."

Marcel nickte und ließ sich neben ihr nieder. „Ich weiß. Aber wir schaffen das. Wir haben die Nacht überlebt, und wir werden auch den Rest schaffen."

„Du bist ja optimistisch," sagte sie mit einem schwachen Lächeln. „Aber danke. Ich glaube, das brauche ich gerade."

Nach ein paar Minuten Pause setzten sie ihren Weg fort und erreichten schließlich eine kleine, geschützte Bucht. Das glitzernde Wasser der Lagune schimmerte in der Sonne, und eine sanfte Brise trug den Duft von Salz und Algen zu ihnen.

„Wow," murmelte Marry und blieb stehen. „Das sieht... fast schön aus."

Marcel nickte. „Es könnte schlimmer sein. Vielleicht sollten wir das nutzen, um uns zu reinigen – und ein bisschen abzukühlen."

Marry zögerte kurz, dann nickte sie. „Gute Idee. Aber du wirst weggucken, klar?"

Marcel lachte leise. „Klar. Keine Sorge, ich bin Gentleman durch und durch."

Während Marry sich vorsichtig entkleidete, wandte sich Marcel ab und ließ seinen Blick über das Wasser schweifen. Es war ruhig und klar, und in der Ferne konnte er die Bewegung kleiner Fische erkennen. Nach ein paar Momenten hörte er, wie Marry ins Wasser ging.

„Du kannst jetzt," rief sie leise, und Marcel drehte sich um. Sie stand bis zur Hüfte im Wasser, ihr Gesicht entspannt, und ihre Haare waren bereits nass.

„Na gut," sagte er und zog ebenfalls seine Schuhe und das Hemd aus. Er trat ins Wasser, das kühl und erfrischend war, und ließ sich schließlich ganz hineingleiten.

„Das fühlt sich unglaublich gut an," sagte Marry und schloss kurz die Augen. „Für einen Moment kann man fast vergessen, wo wir sind."

„Fast," wiederholte Marcel und schwamm ein paar Züge hinaus. Das Wasser fühlte sich wie ein Geschenk an, eine kurze Atempause inmitten der ständigen Anspannung.

Die beiden schwammen eine Weile, spritzten sich sogar lachend gegenseitig Wasser ins Gesicht, bis sie schließlich keuchend und lachend am Rand der Lagune stehen blieben. Ihre Nähe war spürbar, und für einen Moment herrschte eine tiefe Stille zwischen ihnen.

„Weißt du," begann Marry leise, „ich hätte nie gedacht, dass ich in einer solchen Situation jemanden wie dich treffen würde. Ich meine, wir kennen uns kaum, aber... irgendwie fühle ich mich sicherer, seit du da bist."

Marcel sah sie an, überrascht von ihren Worten. „Ich weiß nicht, ob ich der Richtige für Sicherheit bin," sagte er mit einem schiefen Lächeln. „Aber ich bin froh, dass ich dir das Gefühl geben kann."

Für einen Moment schien es, als wollte sie etwas erwidern, doch sie schwieg. Stattdessen lächelte sie leicht, wandte sich ab und ging zurück ans Ufer. Marcel folgte ihr, sein Herz schlug ein wenig schneller als sonst.

Zurück an Land trockneten sie sich notdürftig mit ihren Kleidern ab und genossen die wenigen ruhigen Minuten in der Bucht. Doch der Gedanke, dass sie noch viel vor sich hatten, war allgegenwärtig. Die kurze Pause hatte ihnen Energie gegeben, doch der Kampf ums Überleben war noch lange nicht vorbei.

Nachdem sie sich einigermaßen getrocknet hatten, schulterte Marcel seinen Rucksack und blickte zu Marry, die sich vorsichtig den Stoff ihres Hemds über die verletzte Schulter zog. Sie biss die Zähne zusammen, doch Marcel konnte sehen, dass sie noch immer Schmerzen hatte.

„Lass mich kurz nach deiner Schulter schauen, bevor wir weitergehen," sagte er. „Es sieht nicht so aus, als ob es schlimmer geworden ist, aber wir sollten sicherstellen, dass es sauber bleibt."

Marry nickte widerwillig und ließ ihn die Schlinge lockern. Marcel inspizierte die Verletzung vorsichtig. Die Haut um die Schulter war gerötet, aber es sah nicht infiziert aus. „Das geht noch," murmelte er. „Wir müssen nur aufpassen, dass kein Dreck reinkommt. Vielleicht finden wir irgendwo sauberes Wasser, um es auszuwaschen."

„Okay, Doktor," erwiderte sie mit einem angedeuteten Lächeln. „Aber lass uns jetzt los, bevor ich hier Wurzeln schlage."

Die beiden setzten ihren Weg durch die Vegetation fort, immer mit einem Auge auf die Umgebung, um Nahrung oder frisches Wasser zu finden. Die Sonne war mittlerweile auf ihrem höchsten Punkt, und die Hitze machte jeden Schritt zur Herausforderung. Doch dann entdeckte Marcel in der Ferne etwas, das ihre Aufmerksamkeit erregte.

„Siehst du das dort?" Er deutete auf eine Baumgruppe, deren Laub dichter wirkte als die umliegenden Büsche.

Marry kniff die Augen zusammen. „Vielleicht ein Wasserloch? Oder irgendetwas anderes…"

Als sie näher kamen, konnten sie tatsächlich das glitzernde Schimmern eines kleinen Teichs sehen, umgeben von saftig grünen Pflanzen. Marcel stieß erleichtert Luft aus. „Das sieht aus wie ein Geschenk des Himmels," sagte er, während sie auf das Wasser zusteuerten.

Am Rand des Teichs hielten sie inne. Marcel kniete sich hin und überprüfte das Wasser. „Es sieht sauber aus," sagte er, füllte seine Hand und roch daran. „Keine seltsamen Gerüche. Wir sollten vorsichtig sein, aber ich denke, wir können es riskieren."

Marry nickte und füllte ihre Hände ebenfalls mit Wasser. Sie trank langsam, während Marcel mit seinem Taschenmesser einige Blätter abschabte, um improvisierte Becher zu basteln. Der kühle Geschmack des Wassers ließ sie beide aufatmen.

„Das ist genau das, was wir gebraucht haben," sagte Marry und wischte sich das Gesicht ab. „Jetzt fühle ich mich tatsächlich ein bisschen menschlicher."

Während sie tranken und sich erholten, hörten sie plötzlich ein leises Rascheln in der Nähe. Beide erstarrten und blickten sich um. Aus einem Busch trat eines der Wildpferde hervor – ein junges Tier mit schmalen Beinen und einer sanften Neugier in den großen Augen. Es schien keinerlei Angst zu haben, als es näher trat und sie beobachtete.

„Das ist unglaublich," flüsterte Marry und machte einen vorsichtigen Schritt nach vorn. Das Pferd blieb stehen, witterte die Luft und schnaubte leise, bevor es sich entspannt auf eine Stelle mit Gras konzentrierte.

„Es fühlt sich fast so an, als ob sie uns beobachten," murmelte Marcel. „Als würden sie sicherstellen, dass wir hier nichts anstellen."

Marry lachte leise. „Vielleicht sind sie die Wächter der Insel. Wer weiß?"

Die Anwesenheit des Pferdes brachte eine unerwartete Ruhe, die sie beide für einen Moment genossen. Doch bald erinnerte sie der schwindende Schatten der Sonne daran, dass sie nicht zu viel Zeit verlieren durften.

„Wir sollten zurück zur Hütte," sagte Marcel schließlich. „Das Wasser haben wir, aber wir brauchen immer noch mehr Nahrung."

Marry nickte, und sie machten sich langsam auf den Rückweg. Die Erschöpfung setzte ihnen zu, doch die Pause am Teich und die kurze Begegnung mit dem Pferd gaben ihnen ein kleines Stück Hoffnung. Vielleicht war die Insel nicht nur ein Ort der Herausforderungen, sondern auch ein Ort der unerwarteten Verbindungen.

Zurück in der Hütte sammelten sie das Holz, das sie zuvor aufgesammelt hatten, und entzündeten ein kleines Feuer. Die Flammen tanzten, während sie nebeneinander saßen, das beruhigende Knistern das Schweigen erfüllte.

„Weißt du," begann Marry leise, „manchmal denke ich, dass diese Insel uns eine Lektion erteilen will."

„Eine Lektion?" Marcel blickte sie fragend an.
„Ja," sagte sie und sah in die Flammen. „Vielleicht darüber, wie wichtig es ist, aufeinander angewiesen zu sein. Zu vertrauen, zusammenzuarbeiten... all das."
Marcel schwieg einen Moment, dann nickte er langsam. „Vielleicht. Aber ich hoffe, die Insel merkt bald, dass wir die Lektion verstanden haben und uns nach Hause lässt."

Marry lächelte schwach und lehnte sich ein Stück näher an ihn. „Vielleicht braucht sie noch ein bisschen Überzeugungsarbeit."

Die Nacht brach herein, und das Feuer war ihr einziger Schutz vor der Dunkelheit. In der Stille fühlten sie beide die unausgesprochene Verbindung, die zwischen ihnen wuchs – ein Licht inmitten der Wildnis.

Marcel und Marry saßen lange schweigend am Feuer, die Hitze der Flammen war ein willkommener Trost nach dem anstrengenden Tag. Der Himmel über ihnen war von unzähligen Sternen bedeckt, und das gleichmäßige Rauschen der Wellen bildete einen beruhigenden Rhythmus. Trotz der anhaltenden Ungewissheit fühlte sich dieser Moment friedlich an.

„Weißt du, ich hätte nie gedacht, dass ich so etwas erleben würde," sagte Marry plötzlich, ihre Stimme leise. „Ein Flugzeugabsturz, eine Insel mitten im Nirgendwo, und dann... du."

Marcel sah sie überrascht an. „Ich hoffe, ich bin in dem Satz nicht der schlimmste Teil."

Sie lachte leise, was ihn zum Schmunzeln brachte. „Nein," sagte sie. „Du bist wahrscheinlich der Grund, warum ich nicht den Verstand verliere. Ich meine... es ist alles so surreal, aber irgendwie gibt es mir ein bisschen Halt, dass du hier bist."

Er blickte in die Flammen und spürte, wie sich ein seltsames Gefühl in seiner Brust ausbreitete. „Ich weiß, was du meinst," sagte er schließlich. „Ich habe mich noch nie so abhängig von jemandem gefühlt. Aber ich glaube, das ist genau das, was uns hier durchbringen wird – dass wir einander haben."

Marry nickte, und ein Moment der Stille folgte. Sie lehnte ihren Kopf vorsichtig an seine Schulter, und Marcel wagte nicht, sich zu bewegen. Es war, als ob diese einfache Geste ihnen beiden mehr Trost bot, als Worte es je könnten.

Die Flammen flackerten, und der Mond war mittlerweile hoch am Himmel, als Marcel leise flüsterte: „Wir schaffen das, Marry. Ich weiß, dass wir das schaffen."

Sie hob den Kopf leicht an und sah ihn an. „Ich glaube dir," sagte sie mit einem leichten Lächeln, bevor sie den Kopf wieder an seine Schulter sinken ließ.

Schließlich begannen ihre Augen schwer zu werden, und sie zog sich mit einem leisen „Gute Nacht" in ihr Lager zurück. Marcel saß noch eine Weile am Feuer, das Knistern begleitete seine Gedanken. In diesem Moment wusste er, dass er alles tun würde, um sie beide zu retten – nicht nur wegen des Überlebens, sondern weil sie zu jemandem geworden war, der ihm wichtig war.

Als die Flammen langsam kleiner wurden und die Nacht um ihn herum stiller wurde, kroch auch er in sein provisorisches Bett und ließ die Ereignisse des Tages hinter sich. Mit dem letzten Gedanken an die Sterne und die Möglichkeit eines besseren Morgen schloss er die Augen und ließ die Dunkelheit der Nacht ihn in den Schlaf wiegen.

KAPITEL 6
EIN LICHT IN DER DUNKELHEIT

Die Nacht war still, nur das leise Rauschen der Wellen und das vereinzelte Knacken von Ästen unterbrachen die Ruhe. Marcel öffnete die Augen und bemerkte, dass das Feuer fast erloschen war. Nur noch ein paar glimmende Glutstücke leuchteten schwach im Dunkel der Hütte. Die Kälte kroch langsam durch die Ritzen, und er spürte, wie sich seine Haut leicht gegen die kühle Luft sträubte.

Leise, um Marry nicht zu wecken, stand er auf und tastete nach dem kleinen Haufen Holz, den sie vor dem Schlafengehen gesammelt hatten. Seine Hände zitterten leicht vor der nächtlichen Kälte, als er die ersten Äste auf die Glut legte und mit vorsichtigen Atemzügen das Feuer wiederbelebte. Die Flammen flackerten träge auf, bevor sie wieder an Kraft gewannen und ein warmes Licht in die kleine Hütte warfen.

Marcel setzte sich auf den Boden vor das Feuer, zog die Knie an die Brust und legte die Arme darum. Die Hitze war angenehm, doch sie konnte die Kälte in seinem Inneren nicht ganz vertreiben. Seine Gedanken kreisten unaufhörlich um die Ereignisse der letzten Tage – den Absturz, die Wildnis, und vor allem um Marry. Ihre Stärke und ihre Verletzlichkeit faszinierten ihn gleichermaßen, und er wusste nicht, wann sie so wichtig für ihn geworden war.

Plötzlich hörte er ein leises Rascheln hinter sich. Er drehte sich um und sah Marry, die sich verschlafen mit einer Hand die Augen rieb. Ihr zerzaustes Haar fiel ihr ins Gesicht, und sie wirkte noch zarter als sonst, eingehüllt in die alte Decke, die sie über die Schultern gezogen hatte.

„Kannst du auch nicht schlafen?" fragte sie leise, ihre Stimme noch rau vom Schlaf.

Marcel lächelte schwach und deutete auf das Feuer. „Es war fast aus. Ich dachte, ich kümmere mich darum. Außerdem... ja, irgendwie kann ich nicht abschalten."

Marry nickte und setzte sich langsam neben ihn ans Feuer. Sie zog die Decke enger um sich und blickte in die Flammen. „Die Stille hier ist manchmal... überwältigend," sagte sie nach einer Weile. „Zu viel Zeit zum Nachdenken."

„Das kenne ich," antwortete Marcel, während er ein kleines Stück Holz nachlegte. „Es ist, als ob die Gedanken keine Ruhe geben. Alles fühlt sich so... surreal an."

„Und trotzdem bist du hier," sagte Marry leise, ohne ihn anzusehen. „Du hältst das Feuer am Leben, im wahrsten Sinne des Wortes."

Er lachte kurz, ein trockener, fast scheuer Ton. „Ich tue, was ich kann."
Für eine Weile herrschte Stille zwischen ihnen, nur das Knistern der Flammen füllte den Raum. Doch es war keine unangenehme Stille – eher eine, die sie beide in Gedanken versinken ließ. Schließlich hob Marry den Blick und sah Marcel direkt an.

„Danke," sagte sie schlicht.

Er runzelte die Stirn, sichtlich verwirrt. „Für was?"

„Dafür, dass du hier bist," antwortete sie. „Ich weiß nicht, ob ich das alleine durchstehen würde."

Marcel schluckte, fühlte die Bedeutung ihrer Worte in seiner Brust widerhallen. „Marry... du bist stärker, als du denkst. Aber... ich bin froh, dass wir das hier zusammen durchstehen. Wirklich."

Ihre Augen trafen sich, und für einen Moment schien die Welt um sie herum stillzustehen. Die Flammen warfen weiche Schatten auf ihre Gesichter, und Marcel spürte, wie sein Herz schneller schlug. Ohne darüber nachzudenken, hob er seine Hand und strich ihr vorsichtig eine Haarsträhne aus dem Gesicht.

„Du bist unglaublich," sagte er leise, seine Stimme kaum mehr als ein Flüstern.

Marry blinzelte überrascht, doch sie zog sich nicht zurück. Stattdessen lehnte sie sich leicht nach vorn, als ob sie die Distanz zwischen ihnen überbrücken wollte. Marcel zögerte, gab ihr den Raum, die Entscheidung selbst zu treffen. Und dann, fast wie in Zeitlupe, trafen sich ihre Lippen.

Der Kuss war zart, vorsichtig, als ob sie beide Angst hatten, den Moment zu zerbrechen. Doch mit jedem Herzschlag wurde er intensiver, ehrlicher.
Ihre Hände fanden zueinander, hielten sich fest, als ob sie einander Halt in dieser unsicheren Welt geben wollten.

Als sie sich schließlich voneinander lösten, atmeten beide schwer. Marry sah ihn an, ihre Wangen leicht gerötet. „Marcel," begann sie zögernd, doch er legte einen Finger an ihre Lippen.

„Bist du sicher?" fragte er, seine Augen suchten die ihren, um jeden Zweifel auszuräumen.

Marry nickte langsam, ein sanftes Lächeln auf ihren Lippen. „Ja," flüsterte sie.

Marcel zog sie vorsichtig näher zu sich, seine Bewegungen waren behutsam, fast ehrfürchtig. Die Welt um sie herum verblasste, und für diese eine Nacht gab es nur die Wärme des Feuers und die Nähe, die sie miteinander teilten.

Die Flammen des Feuers tanzten im Halbdunkel der Hütte, warfen goldene Schatten auf die Wände und wärmten die Luft, während draußen die Nacht kühler wurde. Marcel hielt Marry in seinen Armen, seine Hände lagen behutsam an ihrer Taille, als er sie sanft näher an sich zog. Ihre Augen waren geschlossen, ihre Lippen suchten nach seinen, und für einen Moment schien die Welt stillzustehen.

Seine Finger strichen über ihren Rücken, langsam, vorsichtig, als ob er jede Berührung auskosten wollte. „Wenn es zu viel ist, sag es mir," flüsterte er, seine Stimme leise und voller Ernsthaftigkeit.

Marry öffnete die Augen und sah ihn an. Ihre braunen Augen schimmerten im Feuerschein, und ein sanftes Lächeln legte sich auf ihre Lippen. „Ich will das, Marcel," sagte sie, ihre Stimme fest und ruhig, aber auch voller Zärtlichkeit.

Er nickte, seine Unsicherheit schmolz unter der Wärme ihres Blicks dahin. Vorsichtig legte er sie auf die provisorische Schlafstätte aus Decken und Jacken, achtete dabei darauf, ihre verletzte Schulter nicht zu belasten. Marry ließ sich ohne Widerstand nieder, ihre Hand glitt über seine, und sie zog ihn sanft zu sich hinunter.

Marcel hielt für einen Moment inne, sah auf sie herab, als wollte er diesen Augenblick in seinem Gedächtnis einbrennen. Ihre Gesichter waren nur Zentimeter voneinander entfernt, und ihre Atemzüge verschmolzen miteinander. Er ließ eine Hand an ihrer Wange verweilen, streichelte sie sanft mit dem Daumen.

„Du bist wunderschön," flüsterte er, beinahe mehr zu sich selbst als zu ihr.

Marry schloss die Augen und lächelte leicht. „Hör auf, sonst wirst du mich noch rot machen," neckte sie leise, aber ihre Stimme zitterte leicht – nicht vor Unsicherheit, sondern vor der Intensität des Moments.

Marcel beugte sich erneut vor und küsste sie, diesmal tiefer, leidenschaftlicher. Seine Lippen folgten der Linie ihres Kiefers bis zu ihrem Hals, während Marry ihre unverletzte Hand durch sein Haar gleiten ließ. Ihre Bewegungen wurden harmonischer, ineinander fließend, als ob sie schon ewig vertraut wären.

Die Wärme des Feuers schien ihre Körper zu umhüllen, und die Kälte der Nacht war vergessen. Ihre Hände suchten einander, entdeckten, fanden Trost und Geborgenheit. Marcel küsste sie erneut, sanfter diesmal, bevor er innehielt, um sicherzugehen, dass sie keine Schmerzen hatte.

„Tut das weh?" fragte er leise, und sein Blick glitt zu ihrer Schulter.

Marry schüttelte den Kopf, ihre Finger umschlossen seine Hand. „Nein," sagte sie mit einem sanften Lächeln. „Mach dir keine Sorgen. Ich bin genau da, wo ich sein will."

Ihre Worte lösten das letzte bisschen Zurückhaltung in Marcel. Er ließ sich neben sie sinken, hielt sie in seinen Armen und ließ die Welt für diesen einen Augenblick hinter sich. Ihre Bewegungen wurden langsamer, intensiver, als sie die Distanz zwischen ihnen vollkommen überwanden.

Der Raum füllte sich mit der leisen Melodie ihres Atems und dem gelegentlichen Knistern des Feuers. Sie bewegten sich miteinander, spürten jede Berührung, jede Geste, als wäre es das erste und das letzte Mal, dass sie so verbunden waren.

Als der Moment schließlich vorüber war, lag Marcel neben Marry, ihr Kopf an seiner Brust, während seine Finger durch ihr Haar fuhren. Sie sagte nichts, schien den Augenblick einfach nur zu genießen, die Wärme seines Körpers und die Geborgenheit seiner Arme.

„Ich hätte nie gedacht, dass ich das hier finde," sagte Marry leise und brach die Stille. Ihre Stimme klang friedlich, fast wie ein Flüstern.

„Was meinst du?" fragte Marcel, seine Stimme ebenso sanft.

„Dich," antwortete sie. Sie hob den Kopf leicht, um ihn anzusehen. „Ich hätte nie gedacht, dass ich hier jemanden finde, der mir das Gefühl gibt, dass alles irgendwie... okay sein könnte."

Marcel lächelte und küsste sie sanft auf die Stirn. „Wir haben das hier zusammen durchgestanden. Und wir schaffen den Rest auch. Egal, was passiert."

Marry schloss die Augen und kuschelte sich wieder an ihn. Das Feuer war mittlerweile nur noch ein schwaches Glimmen, aber die Wärme, die sie miteinander teilten, reichte aus, um die Dunkelheit der Nacht zu vertreiben.

Und so schliefen sie ein, eng aneinander gekuschelt, während draußen die Wellen leise an den Strand rollten – ein Moment der Ruhe und des Friedens, der inmitten des Chaos wie ein Anker in ihrer Realität wirkte.

Die frühen Morgenstunden brachen an, und ein sanftes Licht kroch durch die Ritzen der Hütte. Marry schlief noch, ihr Atem war ruhig und gleichmäßig, während sie sich dicht an Marcel schmiegte. Er lag wach, sein Blick auf die Decke über ihnen gerichtet, und dachte über die vergangene Nacht nach. Seine Finger strichen sanft über Marrys Rücken, während die Erinnerung an ihre Nähe ihn mit einer Mischung aus Freude und Nachdenklichkeit erfüllte.

Er wollte diesen Moment festhalten, ihn einfrieren, doch das leichte Prickeln der Realität kehrte langsam zurück. Ihre Situation hatte sich nicht verändert – sie waren immer noch auf dieser einsamen Insel, immer noch gestrandet und ohne sicheren Plan, wie sie entkommen sollten.

Marry regte sich neben ihm, ein leises, zufriedenes Seufzen entkam ihren Lippen, bevor sie die Augen öffnete. Sie blickte zu ihm auf, und ein Lächeln breitete sich über ihr Gesicht aus.

„Guten Morgen," sagte sie leise, ihre Stimme noch voller Schlaf.

„Guten Morgen," antwortete Marcel mit einem sanften Lächeln. „Gut geschlafen?"

Sie nickte leicht, drückte ihren Kopf wieder an seine Brust und murmelte: „Es war das erste Mal seit Tagen, dass ich wirklich das Gefühl hatte, sicher zu sein."

Diese Worte trafen Marcel mehr, als er erwartet hatte. Er legte seinen Arm um sie und hielt sie fest. „Das geht mir genauso," sagte er ehrlich. „Trotz allem fühlt es sich gerade... richtig an."

Nach ein paar Minuten lösten sie sich langsam voneinander, und Marry setzte sich vorsichtig auf. Ihre verletzte Schulter schien sich über Nacht nicht verschlechtert zu haben, doch Marcel bemerkte das Zucken in ihrem Gesicht, als sie sich bewegte.

„Wie geht's deiner Schulter?" fragte er, während er sich aufrichtete.

„Besser," sagte sie, auch wenn er die leichte Anspannung in ihrer Stimme hören konnte. „Aber ich denke, wir sollten heute versuchen, etwas zu finden, das wirklich als Verband taugt. Vielleicht kann ich so besser heilen."

„Das klingt nach einem Plan," sagte Marcel. Er stand auf, streckte sich und trat an die Tür der Hütte. Die Luft war frisch, und das erste Licht des Tages ließ die Insel friedlich erscheinen. Für einen Moment konnte er fast vergessen, wie verloren sie waren.

„Ich mache das Feuer wieder an," sagte er, ohne sich umzudrehen. „Dann können wir frühstücken – was auch immer das heißen mag."

Marry lachte leise, als sie langsam aufstand und ihre Decke ordentlich zusammenfaltete. „Ich hoffe, du findest heute noch eine neue Spezialität aus der Wildnis."

Marcel grinste, obwohl sie seinen Gesichtsausdruck nicht sehen konnte. „Wenn ich Glück habe, entdecke ich vielleicht einen Baum, der Kaffee wachsen lässt."

Sie lachte lauter, ein Klang, der die Hütte für einen Moment füllte. Es war, als ob ihre Verbindung ihnen für diesen kurzen Augenblick die Kraft gab, die Realität zu ignorieren und sich aufeinander zu verlassen.

Nachdem sie das Feuer entfacht und das Frühstück – bestehend aus den letzten Kokosnusshälften – geteilt hatten, machten sie sich daran, die nähere Umgebung erneut zu erkunden. Sie gingen vorsichtig, die Gedanken an mögliche Gefahren immer im Hinterkopf.

Doch trotz der Herausforderungen fühlten sie sich leichter, enger verbunden, als ob die Nacht ihnen etwas gegeben hatte, das sie zuvor nicht hatten: Hoffnung.

Als sie durch das dichte Unterholz gingen, suchten sie nach allem, was ihnen helfen konnte – Wasser, Nahrung oder etwas, das als Werkzeug diente. Doch Marry bemerkte auch die kleine Veränderung in Marcel. Seine Bewegungen waren entschlossener, sein Blick ruhiger, und er schien immer wieder nach ihr zu sehen, als wollte er sicherstellen, dass sie wirklich in Ordnung war.

„Hey," sagte sie schließlich und blieb stehen. „Du brauchst nicht ständig nach mir zu sehen. Ich bin okay, ehrlich."

Marcel hielt inne, seine Augen ruhten einen Moment auf ihrem Gesicht. „Ich weiß," sagte er leise. „Aber nach gestern... du bist mir wichtig, Marry. Ich will nur sicher sein, dass es dir gut geht."

Ein sanftes Lächeln breitete sich auf ihrem Gesicht aus, und sie trat einen Schritt näher. „Das weiß ich. Und ich bin froh, dass du das bist. Aber wir schaffen das zusammen, okay? Keine Ein-Mann-Rettung."

Marcel lachte, nickte und sah sie mit einem Blick an, der mehr sagte, als Worte es konnten. Gemeinsam setzten sie ihren Weg fort, bereit, sich den nächsten Herausforderungen zu stellen – doch diesmal nicht allein.

Nach Stunden des Suchens und Wanderns unter der immer heißer werdenden Sonne fanden Marcel und Marry schließlich eine kleine Lichtung, die ihnen Hoffnung gab. Zwischen den Bäumen entdeckten sie wilde Beerensträucher, die mit dunklen, reifen Früchten bedeckt waren. Sie wirkten essbar, und Marry, die einige Survival-Bücher gelesen hatte, war sich sicher, dass sie nicht giftig waren.

„Das ist ein Glücksgriff," sagte Marcel und pflückte vorsichtig einige Beeren. „Vielleicht reicht das, um uns für heute über die Runden zu bringen."

Marry nickte und ließ sich in den Schatten eines Baumes sinken. Ihre Bewegungen waren langsamer geworden, die Anstrengung des Tages zeichnete sich deutlich in ihrem Gesicht ab. Marcel setzte sich neben sie, reichte ihr eine Handvoll Beeren und beobachtete sie einen Moment lang, bevor er ebenfalls begann zu essen.

„Ich hoffe, wir finden bald etwas mehr Substanz," sagte er nachdenklich, während er auf die Beeren in seiner Hand starrte. „Wir können uns nicht ewig nur von Kokosnüssen und Beeren ernähren."

„Vielleicht taucht plötzlich ein Fünf-Sterne-Restaurant auf," scherzte Marry mit einem schwachen Lächeln, das trotzdem ihre Müdigkeit nicht verbergen konnte.

Marcel lachte leise und schüttelte den Kopf. „Wenn das passiert, lade ich dich ein."

„Klingt nach einem Deal," erwiderte sie und lehnte sich zurück, um die Ruhe des Moments zu genießen.

Die beiden saßen für eine Weile schweigend da, die leichte Brise kühlte ihre erhitzten Gesichter, und das Rascheln der Blätter über ihnen wirkte beruhigend. Trotz der Erschöpfung und der anhaltenden Unsicherheit schien der Moment von einer unerwarteten Ruhe durchzogen zu sein.

„Weißt du," sagte Marry schließlich, ihre Stimme war leise und nachdenklich, „wenn wir das hier überstehen... ich glaube, ich werde die Welt mit anderen Augen sehen."

Marcel sah sie an und nickte langsam. „Ich auch. Es ist seltsam, wie viel man über sich selbst und andere lernt, wenn man alles andere verliert."
Marry drehte den Kopf zu ihm, ihre Augen suchten seine. „Und was hast du gelernt?"

Er hielt ihrem Blick stand und lächelte sanft. „Ich habe gelernt, wie viel jemand bedeuten kann, selbst wenn man ihn erst seit Kurzem kennt."

Marry schluckte leicht, doch sie sagte nichts. Stattdessen streckte sie ihre Hand aus, und Marcel nahm sie ohne Zögern. Sie saßen Hand in Hand, das leise Rauschen des Windes um sie herum, während die Sonne langsam zu sinken begann.

„Wir sollten zurück zur Hütte," sagte Marcel schließlich, seine Stimme ruhig. „Es wird bald dunkel, und ich möchte das Feuer rechtzeitig anmachen."

Marry nickte und erhob sich vorsichtig. Gemeinsam machten sie sich auf den Weg zurück, ihre Schritte wurden von der untergehenden Sonne begleitet, die die Insel in ein warmes, goldenes Licht tauchte.

Zurück an der Hütte sammelten sie noch ein paar Äste für das Feuer, bevor Marcel es anzündete und die Flammen wieder Leben in den Raum brachten.

Als die Nacht hereinbrach, saßen sie erneut nebeneinander am Feuer, dicht aneinander gelehnt, um die Wärme zu teilen. Der Tag war hart gewesen, doch sie hatten ein weiteres Stück Hoffnung gefunden – in den Beeren, in der Insel und vor allem in einander.

„Wir schaffen das," sagte Marry leise, ihre Augen auf die tanzenden Flammen gerichtet.

Marcel nickte und legte einen Arm um ihre Schultern. „Ja, das tun wir."

Mit diesen Worten verblasste die Anstrengung des Tages langsam, und sie schlossen die Augen, während das Feuer weiter für sie wachte. Der nächste Tag würde neue Herausforderungen bringen, doch für jetzt hatten sie nur diesen Moment – und das reichte aus.

KAPITEL 7
DAS MONSTER IM DUNKELN

Die Sonne erhob sich langsam über den Horizont und tauchte die Insel in ein sanftes, goldenes Licht. Marcel wachte auf, als die ersten Sonnenstrahlen durch die Ritzen der schiefen Hüttentür fielen. Sein Körper fühlte sich steif an, der Schlaf auf dem harten Boden hatte seine Muskeln nicht gerade geschont. Neben ihm regte sich Marry, noch eingehüllt in die alte Decke, die sie vor der nächtlichen Kälte geschützt hatte.

„Guten Morgen," murmelte Marcel, als er sich vorsichtig erhob und versuchte, seine steifen Glieder zu strecken. Er blickte zur Seite und sah, dass Marry versuchte, ihre verletzte Schulter zu bewegen, das Gesicht vor Schmerz leicht verzogen.

„Lass uns heute die Insel erkunden," schlug Marcel vor. „Wir müssen Wasser finden, und vielleicht noch mehr von den Beeren, die wir gestern entdeckt haben."

Marry nickte müde. „Das klingt nach einem Plan. Außerdem sollten wir herausfinden, wie groß diese Insel eigentlich ist."

Marcel trat vor die Hütte, atmete tief die frische Morgenluft ein und sah in die Ferne, wo sich die dichte Vegetation der Insel ausbreitete. Die Geräusche der Natur umgaben sie – das Rauschen der Blätter im Wind, das Zwitschern der Vögel, die irgendwo in den Baumkronen versteckt waren. Für einen Moment konnte er fast vergessen, dass sie hier gestrandet waren, fernab jeglicher Zivilisation.

Nachdem sie ihre wenigen Habseligkeiten zusammengepackt hatten, machten sie sich auf den Weg. Marry stützte sich leicht auf Marcel, während sie langsam den schmalen Pfad entlanggingen, der tiefer in die Wildnis führte. Die Sonne kletterte langsam höher und die Hitze begann allmählich zu wachsen, doch die Hoffnung, heute Wasser zu finden, trieb sie voran.

Marcel blieb plötzlich stehen. Zwischen den dichten Büschen vor ihnen leuchteten rote und lilafarbene Beeren hervor. Er griff nach einer der Beeren und drehte sie prüfend zwischen den Fingern. „Denkst du, die sind essbar?", fragte er Marry, die ebenfalls interessiert die Beeren musterte.

„Keine Ahnung, aber sie sehen zumindest nicht giftig aus," antwortete sie, bevor sie vorsichtig eine der Beeren in den Mund nahm und daran kaute. Ihr Gesicht zeigte keinen Hinweis auf Unbehagen. „Schmecken süß," sagte sie schließlich. „Vielleicht haben wir Glück gehabt."

Marcel pflückte ebenfalls einige Beeren und verstaut sie in einer kleinen Tasche aus Stoff, die sie improvisiert hatten. „Es ist nicht viel, aber es ist ein Anfang."

Marcel und Marry setzten ihren Weg durch das Dickicht fort, stets auf der Suche nach weiteren Lebenszeichen der Insel. Ihre Schritte waren vorsichtig, denn sie wussten, dass ein falscher Tritt in dieser unberechenbaren Wildnis schwerwiegende Folgen haben könnte. Die Geräusche der Tiere und das Rascheln der Blätter waren allgegenwärtig, aber dennoch wirkte die Insel geheimnisvoll still, als ob sie ihre Geheimnisse verbarg.

Nach einiger Zeit des mühsamen Vorankommens durch das unwegsame Gelände hörte Marcel plötzlich das entfernte Plätschern von Wasser. „Warte," sagte er und hob die Hand, um

Marry anzuhalten. Er lauschte angestrengt und versuchte, die Richtung der Geräusche zu bestimmen.

„Das klingt nach einem Bach oder einem kleinen Fluss," flüsterte er, die Augen vor Konzentration zusammengekniffen. Marry nickte, und ein Funken Hoffnung blitzte in ihren Augen auf. „Wenn wir da hinkommen, hätten wir endlich frisches Wasser," sagte sie, ihre Stimme war voller Erleichterung.

Gemeinsam kämpften sie sich weiter vor, ihre Schritte zielgerichteter als zuvor. Schließlich erreichten sie eine kleine Lichtung, und vor ihnen offenbarte sich ein Teich, dessen Wasser klar und ungestört in der Sonne glitzerte. Die dichten Bäume spendeten angenehmen Schatten, und die Luft war kühl und frisch. Marcel kniete sich nieder und schöpfte mit der Hand eine kleine Menge Wasser, bevor er es vorsichtig probierte. Das Wasser schmeckte rein und kühl, und ein erleichtertes Lächeln breitete sich auf seinem Gesicht aus.

„Es ist trinkbar," sagte er und stand auf, um Marry ein Zeichen zu geben. Sie ließ sich auf die Knie nieder und trank ebenfalls, ihre Hände zittrig vor Aufregung. „Das ist wirklich ein Geschenk," murmelte sie, während sie erneut eine Handvoll Wasser zu ihren Lippen führte.

Nachdem sie ihren Durst gestillt hatten, setzten sie sich auf den weichen Boden am Rand des Teichs. Die Anstrengung der letzten Tage schien sie plötzlich einzuholen, und für einen Moment genossen sie einfach die Ruhe des Ortes. Marry blickte zu Marcel, ihre Augen zeigten eine Mischung aus Erleichterung und Müdigkeit. „Für einen Moment fühle ich mich fast sicher," sagte sie leise.

Marcel nickte, sein Blick glitt über das friedliche Wasser. „Ja, ich auch. Vielleicht ist es ja wirklich möglich, dass wir hier eine Weile überleben." Doch er konnte die Unsicherheit in seiner eigenen Stimme hören. Sie hatten Wasser gefunden, aber sie mussten noch mehr Nahrung finden, und vor allem mussten sie einen Plan entwickeln, wie sie gerettet werden konnten.

Gerade als Marry antworten wollte, hörten sie ein Geräusch aus den Büschen auf der anderen Seite des Teichs. Ein leises Rascheln, gefolgt von einem tiefen, fast sanften Wiehern. Marcel drehte sich um und sah die Wildpferde wieder. Sie standen am Rand der Lichtung, ihre Augen auf die beiden Menschen gerichtet, als ob sie das Geschehen genau beobachteten.

„Sie sind wieder da," sagte Marry und erhob sich langsam, um die Tiere besser sehen zu können. Der Anführer, der imposante schwarze Hengst, trat einige Schritte näher, wobei seine Hufe kaum ein Geräusch machten. Es war, als ob er eine Art Bindung mit ihnen aufbauen wollte, eine stille Kommunikation, die Marcel nicht ganz greifen konnte.

„Sie haben keine Angst vor uns," bemerkte Marcel, während er vorsichtig aufstand. Er trat einen Schritt in Richtung des Hengstes, der ihn aufmerksam beobachtete, jedoch keinen Rückzug andeutete. „Vielleicht sind sie daran gewöhnt, Menschen zu sehen," mutmaßte Marry, „oder sie spüren einfach, dass wir keine Gefahr sind."

Marcel blieb stehen, als der Hengst schließlich vor ihm Halt machte. Seine dunklen Augen fixierten Marcel, und einen Moment lang schien die Zeit stillzustehen. Die Präsenz des Tieres war majestätisch, fast magisch, und Marcel konnte nicht anders, als eine tiefe Ehrfurcht zu empfinden. Vorsichtig hob er die Hand und streckte sie dem Pferd entgegen, unsicher, ob es die Berührung zulassen würde.

Der Hengst schnaubte und bewegte sich einen Schritt auf Marcel zu, seine mächtige Stirn berührte vorsichtig Marcels ausgestreckte Hand. Es war ein friedlicher Moment, der Marcel den Atem raubte – eine Verbindung zwischen Mensch und Tier, die ohne Worte stattfand. Marry hielt den Atem an, als sie die Szene beobachtete. „Ich glaube, sie wollen wirklich, dass wir hier sind," sagte sie leise, als hätte sie Angst, die Magie des Moments zu stören.

Marcel ließ die Hand sinken und sah dem Hengst nach, der sich wieder zu seiner Herde umdrehte. Die Pferde verharrten noch einen Moment, bevor sie sich langsam zurückzogen und wieder im Dickicht verschwanden. Eine Weile lang war weder Marcel noch Marry in der Lage, etwas zu sagen. Es war, als ob die Insel ihnen ein Versprechen gegeben hätte – ein Versprechen von Schutz und Hoffnung, selbst in dieser scheinbar ausweglosen Lage.

„Komm," sagte Marcel schließlich und drehte sich zu Marry. „Wir sollten die Chance nutzen, solange wir noch Kraft haben. Wenn es hier Wasser gibt, gibt es vielleicht auch andere Dinge, die uns helfen können."

Marry nickte und folgte ihm, während sie den kleinen Teich hinter sich ließen und weiter in die Insel vordrangen. Die Begegnung mit den Wildpferden hatte ihnen einen Funken Hoffnung gegeben, eine Art Zeichen, dass die Insel mehr war als nur ein unwirtlicher Ort des Überlebenskampfes – vielleicht ein Ort, der sie auf eine Weise schützen wollte.

Während sie weiter in die Tiefe der Insel vordrangen, verstärkte sich das Gefühl, dass sie nicht allein waren. Marcel konnte es nicht genau benennen, aber ein Kribbeln im Nacken machte ihn unruhig. Er warf immer wieder vorsichtige Blicke hinter sich, versuchte, durch das Dickicht zu spähen, doch alles, was er sah, waren dichte Blätter und Baumstämme.

„Hast du auch das Gefühl, dass uns irgendetwas beobachtet?" fragte er schließlich und warf Marry einen Blick zu. Sie hob den Kopf, hielt inne und lauschte. Ihre Augen weiteten sich leicht, als auch sie ein leises Rascheln hinter sich hörte – etwas, das eindeutig nicht nur der Wind sein konnte.

„Ja... aber ich dachte, das wäre vielleicht nur meine Einbildung," antwortete sie, wobei ihre Stimme ein wenig besorgt klang. Sie sah sich ebenfalls um, und ihre Augen blieben an einem dunklen Schatten hängen, der sich durch die Bäume bewegte. „Da! Hast du das gesehen?"

Marcel nickte, sein Körper spannte sich an. „Ich habe es gesehen. Komm, wir sollten etwas schneller gehen," sagte er und zog Marry leicht an der Hand. Sie erhöhten ihr Tempo, wobei sie sich durch das unwegsame Gelände kämpften. Immer wieder hörten sie das Geräusch, das ihnen folgte – ein stetiges Rascheln, das sie einfach nicht abschütteln konnten.

„Was auch immer das ist, es ist schnell," murmelte Marry, während sie schwer atmend über einen umgefallenen Baumstamm stieg. Marcel half ihr hinüber, sein Blick war weiterhin angespannt auf das dichte Gestrüpp hinter ihnen gerichtet. „Wir müssen versuchen, es abzuschütteln," sagte er, und ein Funke Panik blitzte in seiner Stimme auf.

Sie entschieden sich, einen schmalen, abschüssigen Pfad hinunterzugehen, der sie tiefer in die Insel führte. Das Gelände wurde schwieriger, der Boden rutschig und steinig. Marcel hielt Marrys Hand fest und versuchte, ein Gleichgewicht zu finden, während sie sich den Hang hinunterbewegten. Doch plötzlich trat Marry auf einen losen Stein, verlor das Gleichgewicht und stürzte nach vorne.

„Marry!" rief Marcel, als er sah, wie sie fiel. Er ließ sofort los und versuchte, sie zu erreichen, doch Marry rutschte den Abhang hinunter und schlug hart auf den Boden auf, bevor sie schließlich zum Stillstand kam. Marcel kletterte so schnell er konnte hinter ihr her, und sein Herz raste, als er bei ihr ankam.

„Marry, bist du okay?" fragte er panisch, während er sich neben sie kniete. Sie stöhnte leise und versuchte, sich aufzurichten, doch ihr Gesicht war schmerzverzerrt, und ihre verletzte Schulter hing schlaff herab.

„Verdammt... ich glaube, es ist schlimmer geworden," keuchte sie, ihre Augen mit Tränen gefüllt. Marcel half ihr vorsichtig, sich aufzusetzen, während er seine Augen auf das Gelände richtete, das sie gerade hinter sich gelassen hatten. Das Rascheln war immer noch da, und nun näherte sich das Geräusch.

„Wir müssen hier weg," sagte Marcel mit Nachdruck und half Marry auf die Beine. Er schlang einen Arm um sie, um sie zu stützen, und beide versuchten, so schnell wie möglich den Pfad entlangzugehen. Das Rascheln kam näher, und Marcel konnte seinen Atem kaum unter Kontrolle halten. Alles in ihm schrie, sie müssten schneller sein.

Plötzlich tauchte vor ihnen eine dunkle Gestalt aus dem Dickicht auf – es war ein Wildschwein, und es sah alles andere als freundlich aus. Das Tier schnaubte, sein Körper niedrig gehalten, und es machte den Eindruck, als wolle es seine Reviere verteidigen. Die borstigen Haare standen auf seinem Rücken, und es scharrte mit den Hufen.

„Oh nein," flüsterte Marry und hielt sich mit der unverletzten Hand an Marcels Arm fest. Marcel blickte das Tier an, während er überlegte, was sie tun konnten. Weglaufen war keine Option – das

Tier war schneller, und Marry konnte kaum stehen. Er sah sich hektisch um und erblickte einen dicken Ast, der am Boden lag. Ohne groß zu überlegen, griff er danach und hob ihn hoch.

„Bleib hinter mir," sagte er zu Marry und schritt langsam auf das Wildschwein zu. Das Tier schnaubte erneut und machte einen Schritt nach vorne. Marcel hob den Ast drohend, seine Knie zitterten vor Anspannung. Er wusste, dass Wildschweine aggressiv werden konnten, besonders wenn sie sich bedroht fühlten.

„Los, verschwinde!" schrie Marcel, in der Hoffnung, das Tier einzuschüchtern. Das Wildschwein blieb stehen, seine Augen auf Marcel gerichtet. Einen Moment lang war es, als ob die Zeit stillstand. Marry hielt den Atem an, während sie sich schützend hinter Marcel duckte. Marcel spürte, wie sein Herz in seiner Brust hämmerte, doch er wusste, dass sie keine andere Wahl hatten.

Mit einem entschlossenen Schritt ging Marcel auf das Wildschwein zu und schwang den Ast bedrohlich in die Luft. Das Tier zuckte zurück, schnaubte erneut und machte schließlich kehrt. Es verschwand im Dickicht, seine Bewegungen so schnell, dass Marcel kaum mit den Augen folgen konnte. Er atmete tief ein, sein ganzer Körper bebte.

„Es ist weg," sagte er, und er konnte die Erleichterung in seiner Stimme nicht verbergen. Marry ließ sich beinahe kraftlos gegen ihn sinken, ihre Augen schlossen sich kurz, als der Adrenalinstoß nachließ.

„Das war knapp," murmelte sie, ihre Stimme zitterte leicht. „Danke..."

„Wir müssen weiter," sagte Marcel und half ihr wieder auf die Beine. „Wir können hier nicht bleiben. Es könnte zurückkommen, und wir brauchen einen besseren Platz, um uns zu erholen."

Mit Marry fest an seiner Seite bewegten sie sich weiter, jeder Schritt war schmerzhaft und langsam, doch sie wussten, dass sie kämpfen mussten, um durchzukommen. Es war eine brutale Realität – die Natur kann wunderschön, aber auch erbarmungslos sein. Doch das Gefühl, das Wildschwein vertrieben zu haben, gab Marcel einen neuen Funken Hoffnung. Sie konnten überleben, und solange sie nicht aufgaben, würden sie einen Weg finden, von dieser Insel fortzukommen.

Die nächsten Stunden vergingen in einem mühsamen Ringen mit der Natur. Der Schock des Zwischenfalls mit dem Wildschwein lag ihnen beiden noch schwer in den Knochen, und Marry kämpfte mit Schmerzen, die ihre verletzte Schulter immer schlimmer machten. Doch die Entschlossenheit, weiterzugehen, hielt sie am Leben. Sie wussten, dass das Innehalten keine Option war.

Marcel führte Marry vorsichtig durch die dicht bewachsene Vegetation, und irgendwann lichtete sich der Wald vor ihnen. Sie traten hinaus auf eine breite Lichtung, und was sie sahen, ließ sie beide für einen Moment erstarren. Eine kleine Anhöhe vor ihnen eröffnete den Blick auf das Meer, das sich unendlich weit erstreckte. In der Ferne konnten sie Klippen erkennen, die steil ins Wasser fielen – ein hoffnungsvoller Punkt, der vielleicht eine Orientierung bot.

„Schau," murmelte Marcel, während er Marry auf die Anhöhe half. „Von hier oben aus könnten wir eine bessere Übersicht bekommen. Vielleicht sehen wir sogar etwas, das uns helfen kann."

Marry biss die Zähne zusammen und nickte. Gemeinsam kämpften sie sich den Hügel hinauf, ihre Schritte waren langsam und schwer. Die Luft wurde frischer, je höher sie kamen, und das Rauschen des Meeres wirkte beinahe beruhigend. Endlich erreichten sie die Spitze der Anhöhe, und was sich vor ihnen erstreckte, war gleichzeitig beruhigend und bedrohlich: Die Weite des Meeres, die unter ihnen glitzerte, und die endlose Vegetation der Insel hinter ihnen.

Doch dann sah Marcel etwas, das ihm den Atem stocken ließ. Weiter unten, in einer kleinen Bucht, erkannte er ein Schiff – oder besser gesagt, das Wrack eines alten Segelbootes, das zwischen den Klippen eingekeilt lag. Sein Rumpf war beschädigt, aber es sah so aus, als wäre es teilweise noch intakt. Ein Funke Hoffnung schoss durch seinen Körper.

„Marry, schau mal!" rief er und zeigte auf das Wrack. „Da unten! Ein Segelboot!"

Marry folgte seinem Blick, und ihre Augen weiteten sich. „Das könnte... das könnte unsere Rettung sein," flüsterte sie, ihre Stimme voller neuer Hoffnung. „Vielleicht gibt es da noch etwas Nützliches. Wir müssen da runter."

Marcel nickte. „Genau. Vielleicht finden wir dort Ausrüstung oder etwas, das uns weiterhelfen kann. Vielleicht sogar ein Funkgerät."

Gemeinsam machten sie sich an den Abstieg, der sich jedoch als schwieriger erwies, als sie gedacht hatten. Der Weg hinunter war steil und voller loser Steine, und Marry musste jeden Schritt mit größter Vorsicht setzen. Marcel ging voran, suchte nach einem sicheren Pfad und half ihr über die schwierigen Stellen. Der Boden unter ihren Füßen gab immer wieder nach, und einmal rutschte

Marcel gefährlich nah an den Rand einer Klippe heran, konnte sich jedoch im letzten Moment mit einer Hand an einem Ast festhalten.

Schließlich erreichten sie die Bucht, in der das Wrack des Segelbootes lag. Es war groß, und die Segel waren zerrissen und um die Masten gewickelt. Der Rumpf des Bootes lag schräg auf den Felsen, und es wirkte, als hätte es eine Weile gebraucht, um in dieser misslichen Lage zum Stillstand zu kommen.

„Vorsichtig," sagte Marcel, während sie sich dem Boot näherten. „Es könnte gefährlich sein."

Die Planken des Bootes knarrten und knackten, als Marcel vorsichtig auf das Deck kletterte. Marry blieb unten und beobachtete ihn aufmerksam. „Pass auf, dass du nicht durchbrichst," sagte sie, doch ihre Stimme klang mehr hoffnungsvoll als besorgt.

Marcel nickte, während er sich vorsichtig vorwärts bewegte. Das Innere des Bootes war mit Seetang bedeckt, und einige Möwen hatten offenbar einen Teil des Boots als Nistplatz verwendet. Doch es gab immer noch Dinge, die nützlich sein könnten – ein Rettungsring lag an einer Seite, und er entdeckte sogar eine alte, teils verrostete Werkzeugkiste. Marcel kniete sich nieder und öffnete die Kiste. Darin waren einige verrostete Schraubenschlüssel, aber auch ein Seil, das überraschenderweise noch gut erhalten aussah.

„Das hier könnte nützlich sein," sagte er und warf das Seil hinunter zu Marry, die es auffing und erleichtert nickte. Er setzte seine Suche fort und fand schließlich eine verschlossene Metallbox, die an einer der Holzwände befestigt war. Sie war rostig, aber das Schloss ließ sich nach einigem Hebeln mit einem der Schraubenschlüssel öffnen.

Marcel öffnete die Box und konnte es kaum glauben: Ein Notfallsender, ein altes Modell, aber es schien intakt zu sein. Ein Funkgerät und sogar eine Taschenlampe lagen ebenfalls in der Box. „Marry!" rief er mit aufgeregter Stimme. „Ich glaube, wir haben etwas!"

Marry hob den Kopf, ihre Augen voller Hoffnung. „Was hast du gefunden?"

„Ein Funkgerät – und einen Notfallsender!" Marcel stieg vorsichtig vom Boot herunter, den wertvollen Fund fest an sich gedrückt. Er kniete sich vor Marry und zeigte ihr die Geräte. „Wenn wir das zum Laufen bringen, könnten wir vielleicht ein Signal senden!"

Marry betrachtete das Funkgerät, ihre Augen leuchteten vor neuer Hoffnung. „Das ist unglaublich. Wir müssen einen Ort finden, wo wir das testen können."

Marcel nickte. „Wir sollten zurück zur Hütte. Dort haben wir Schutz, und wir können versuchen, es dort anzuschließen." Die Erschöpfung wich für einen Moment der Euphorie, als sie realisierten, dass sie vielleicht einen Weg gefunden hatten, Hilfe zu rufen.

Doch der Weg zurück würde genauso mühsam sein wie zuvor. Die Dämmerung brach langsam herein, und die Schatten der Nacht krochen bereits über die Insel. Sie machten sich auf den Rückweg, Marcel das Funkgerät fest in seinen Armen haltend, während er Marry stützte. Das Gewicht der Verantwortung und die zarte Hoffnung drückten auf seine Schultern.

Als sie die Hütte endlich erreichten, war es fast dunkel. Sie zündeten das kleine Feuer im Inneren an, und Marcel setzte sich sofort an das Funkgerät.

Marry setzte sich neben ihn, ihre Augen voll stummer Erwartung. Marcel überprüfte die Anschlüsse und betete still, dass das Gerät noch funktionierte. Er legte einen Schalter um, und ein leichtes Summen erfüllte die Hütte.

„Es funktioniert!" sagte Marcel mit leiser Stimme. Er nahm das Mikrofon und drückte den Sprechknopf. „Hallo? Kann uns jemand hören? Hier sind Überlebende eines Flugzeugabsturzes. Wir befinden uns auf einer Insel, wahrscheinlich Sable Island. Hallo, kann uns jemand hören?"

Stille. Dann ein Knistern. Marcel sah Marry an, seine Augen weit vor Hoffnung und Angst. Er wiederholte die Nachricht, diesmal lauter, verzweifelter.

Sekunden vergingen wie Stunden, doch dann – ein leises Rauschen, gefolgt von einer Antwort. „...Hören... Überlebende? Hier spricht Küstenwache Halifax. Wiederholen Sie, wer spricht da?"

Marry stieß einen überraschten, freudigen Laut aus, während Marcel vor Erleichterung das Gesicht in den Händen vergrub. Es war kein Traum, sie hatten Kontakt.

„Wir werden gefunden," flüsterte Marry, ihre Stimme zitterte vor Freude und Tränen. Marcel nickte, seine Stimme war belegt vor Emotionen, als er ins Mikrofon sprach: „Wir sind Überlebende, bitte helfen Sie uns. Wir sind auf Sable Island gestrandet."

Das Knistern verstummte, und die Stimme der Küstenwache kam erneut: „Bleiben Sie ruhig, wir haben Ihre Position. Rettungsteams sind auf dem Weg."

Ein Moment der völligen Stille folgte. Dann, wie auf ein Signal, fielen Marcel und Marry einander in die Arme. Sie hielten sich fest, und es war, als ob all die Anspannung der letzten Tage in diesem einen Moment von ihnen abfiel.

Sie waren nicht mehr allein. Rettung war auf dem Weg.

Marcel und Marry saßen eng umschlungen vor dem Funkgerät, das leise Knistern und die Bestätigung der Küstenwache noch immer in ihren Köpfen widerhallend. Sie konnten es kaum fassen – die Rettung war tatsächlich zum Greifen nahe. Die Dunkelheit um die Hütte wurde weniger bedrohlich, das flackernde Feuer spendete eine Wärme, die tiefer ging als nur bis zur Haut. Sie spürten zum ersten Mal seit ihrer Ankunft auf dieser Insel eine echte Chance auf Überleben.

„Wir haben es geschafft," flüsterte Marry und legte ihren Kopf an Marcels Schulter. „Wir werden endlich von hier runterkommen." Ihre Stimme war voller Emotionen, und Marcel nickte, zog sie noch enger an sich.

„Ja, Marry. Wir werden hier rauskommen. Bald wird alles wieder normal," sagte er leise und küsste ihr Haar. Doch gerade, als sich eine tiefe Ruhe über die beiden legte, wurde diese durch ein lautes Geräusch von draußen durchbrochen.

Ein tiefes, donnerndes Geräusch ließ die Wände der kleinen Hütte vibrieren, gefolgt von einem weit entfernten, fast unmenschlichen Schrei. Marcel und Marry zuckten zusammen, ihre Augen weiteten sich in Panik. „Was... was war das?" flüsterte Marry, ihre Stimme zitterte, als sie den Kopf hob.

Marcel sah zur Tür, sein Herz begann schneller zu schlagen. „Ich weiß es nicht... aber es klang nicht gut," sagte er und richtete sich langsam auf. Er griff nach dem Ast, den er von der Begegnung mit dem Wildschwein behalten hatte, und sah Marry ernst an. „Bleib hier. Ich werde nachsehen."

„Nein, ich gehe mit dir," protestierte Marry sofort und stand ebenfalls auf, obwohl ihre verletzte Schulter sie deutlich schmerzte. Ihre Augen spiegelten Entschlossenheit wider – sie wollte ihn nicht allein da rausgehen lassen.

Marcel wollte widersprechen, doch er sah in ihre Augen und wusste, dass sie sich nicht abhalten lassen würde. Er nickte schließlich. „In Ordnung, aber bleib hinter mir."

Langsam öffneten sie die Tür der Hütte, und der kühle Nachtwind blies ihnen entgegen. Die Dunkelheit war undurchdringlich, doch das Feuer hinter ihnen warf einen schwachen Schein auf den sandigen Boden. Das Geräusch war verstummt, aber die Anspannung hing schwer in der Luft. Marcel ging vorsichtig voran, sein Ast fest in den Händen, während Marry ihm dicht folgte.

Sie bewegten sich in Richtung des Geräuschs, das von der Seite des Waldes gekommen war. Das Rascheln der Blätter im Wind und das gelegentliche Knacken von Zweigen unter ihren Füßen verstärkten die Unheimlichkeit der Situation. Jeder Schritt war ein zaghafter Tritt ins Unbekannte, jeder Schatten konnte eine Gefahr bergen.

Plötzlich blieb Marcel stehen, seine Augen fixierten etwas am Boden. Marry folgte seinem Blick und sah eine breite Spur im Sand – etwas Schweres war hier entlanggezogen worden. Es war, als hätte jemand oder etwas sich mühsam durch den Boden gekämpft, die Spuren waren frisch, und sie schlangen sich tiefer in den Wald.

„Das ist nicht gut," flüsterte Marry, ihre Stimme kaum hörbar. Marcel nickte, seine Augen wanderten der Spur entlang, bis sie in der Dunkelheit verschwand. „Es sieht aus, als hätte jemand etwas Großes geschleppt," sagte er, seine Stimme leise und voller Nachdenklichkeit.

Dann hörten sie es wieder – ein Geräusch, das irgendwo im Wald widerhallte. Es klang wie ein Keuchen, ein schweres, tiefes Atmen, gefolgt von einem dumpfen, knarrenden Laut. Marry schluckte und legte ihre unverletzte Hand an Marcels Arm. „Das ist näher dran," sagte sie und versuchte, nicht in Panik zu verfallen.

Marcel drehte sich zu ihr um, sein Gesicht ernst. „Wir müssen zur Hütte zurück. Es ist zu gefährlich hier draußen."

Doch bevor sie sich bewegen konnten, durchbrach ein lautes Krachen die Stille, gefolgt von einem Aufschrei, der ihnen das Blut in den Adern gefrieren ließ. Ein dunkler Schatten blitzte zwischen den Bäumen auf, und Marcel erkannte im fahlen Mondlicht die Umrisse von etwas Großem – viel größer als das Wildschwein, dem sie zuvor begegnet waren. Das Wesen schien sich unnatürlich schnell zu bewegen, und es kam direkt auf sie zu.

„Lauf!" rief Marcel, seine Stimme überschlug sich vor Panik. Er zog Marry mit sich, und gemeinsam rannten sie den steinigen Pfad zurück zur Hütte. Ihre Füße rutschten auf dem unebenen Boden aus, doch sie kämpften sich vorwärts, die Dunkelheit drängte sie immer schneller.

Sie erreichten die Hütte, und Marcel schlug die Tür hinter ihnen zu, warf sich gegen die morsche Holztür, um sie zu versperren. Sie hörten das schwere Atmen und das Knacken von Ästen, als das Wesen draußen näher kam.

Das schwache Licht des Feuers flackerte in der Hütte, und Marry lehnte sich keuchend gegen die Wand, ihr Herz hämmerte in ihrer Brust.

„Was war das?" keuchte sie, ihre Augen weit vor Schreck. Marcel schüttelte den Kopf, sein Atem war schwer, seine Augen suchten in der Dunkelheit nach einer Antwort. „Ich weiß es nicht, aber was auch immer es ist – es weiß, dass wir hier sind."

Plötzlich krachte es an der Tür, als etwas von außen gegen das Holz prallte. Das ganze Gebäude zitterte, und Marcel spürte, wie die Tür unter dem Druck nachgab. „Wir müssen es aufhalten!" schrie er, seine Augen hektisch durch den Raum wandernd. Er griff nach allem, was ihm in die Finger kam, um die Tür zu verbarrikadieren.

Ein weiteres Krachen ließ die Hütte erbeben, und diesmal riss ein Teil des Holzes an der Tür ein. Ein schwarzer Schatten drang durch den Spalt, und das Knurren, das sie hörten, war wie das Geräusch einer Bestie – tief, drohend und unheilverkündend.

Marry schnappte sich die Taschenlampe, die sie zuvor im Boot gefunden hatten, und richtete den Lichtstrahl auf die Tür. Das Licht blendete das Wesen für einen Moment, und sie konnten einen flüchtigen Blick auf rote, glühende Augen erhaschen, bevor es sich zurückzog.

„Das Licht!" rief Marcel. „Vielleicht können wir es damit fernhalten."

Marry nickte, ihre Hände zitterten, während sie die Taschenlampe festhielt. Sie richtete den Strahl auf den Spalt der Tür, bereit, das Wesen erneut zu blenden, wenn es zurückkäme.

Die Hütte war in einem gefährlichen Zustand – die Tür war nur noch ein schwaches Hindernis zwischen ihnen und dem, was draußen lauerte. Die Nacht schien sich plötzlich endlos zu dehnen, und Marcel und Marry hielten sich aneinander fest, während sie auf das warteten, was als Nächstes kommen würde.

Dann hörten sie ein weiteres Geräusch, ein tiefes, fast mechanisches Dröhnen, das von weit entfernt kam – das Geräusch von Rotoren, die durch die Nacht schnitten. Rettung – sie war nah, aber die Frage blieb: Würden sie es schaffen, lange genug durchzuhalten, bis Hilfe eintraf?

Der nächste Schlag an der Tür ließ das Holz beinahe zersplittern. Marcel warf Marry einen Blick zu, und für einen Moment trafen sich ihre Augen – in ihnen war Angst, aber auch Entschlossenheit. Sie würden nicht kampflos aufgeben.

Die Dunkelheit draußen war unerbittlich, die rote Augen leuchteten erneut durch den Spalt. Und dann – ein letzter, ohrenbetäubender Schlag, der die ganze Hütte erbeben ließ.

KAPITEL 8
JAGD DURCH DIE DUNKELHEIT

Der ohrenbetäubende Schlag hallte durch die Hütte, und Marcel spürte, wie der Boden unter ihm zu vibrieren schien. Splitter von Holz regneten von der Tür herab, und das Grollen draußen wurde lauter. Die Kreatur war stärker, als sie gedacht hatten, und sie hatten kaum noch Zeit.

„Wir müssen hier raus!" Marry's Stimme zitterte, aber ihr Blick war entschlossen. Sie hielt sich an der Wand fest, ihre verletzte Schulter eng an den Körper gedrückt.

„Wohin? Draußen wartet dieses Ding auf uns!" Marcel sah sich hektisch um, seine Gedanken rasten. Die Hütte bot keinen Schutz mehr – das war klar –, aber die Dunkelheit draußen war kaum weniger bedrohlich. Ein weiteres Krachen ließ ihn zusammenzucken. Ein Teil der Tür brach ein, und durch den Spalt konnte er das glühende Rot der Augen sehen, die sich durch die Finsternis bohrten. Es war, als ob sie direkt in seine Seele blickten.

Marry packte seinen Arm. „Das Fenster!" Sie deutete auf die Rückseite der Hütte, wo ein kleines, halb zerbrochenes Fenster war. „Wir kommen da durch – wenn wir uns beeilen!"

Marcel nickte, obwohl sein Herz sich schwer anfühlte. Es war ein verzweifelter Plan, aber er sah keine andere Möglichkeit. Mit einem schnellen Blick auf die Tür, die nun endgültig in sich zusammenzubrechen drohte, eilte er zu dem Fenster. Er warf einen prüfenden Blick hinaus – nur Dunkelheit, aber keine Bewegung, kein Glühen.

„Los, ich helfe dir," sagte er und kniete sich nieder, um Marry durch das Fenster zu helfen. Sie zögerte kurz, dann drückte sie sich hindurch, ihre Bewegungen schmerzhaft langsam wegen der Schulter. Kaum war sie draußen, griff sie nach Marcels Hand, um ihm beim Ausstieg zu helfen.

„Schnell!" Ihre Stimme war jetzt ein Flüstern, aber die Dringlichkeit war nicht zu überhören. Marcel kletterte hinterher, sein Körper eng an das raue Holz des Fensters gepresst. Hinter ihm hörte er das endgültige Bersten der Tür und ein unnatürliches Fauchen, das ihm eine Gänsehaut über den Rücken jagte.

Kaum hatte er festen Boden unter den Füßen, griff Marry nach seinem Arm und zog ihn mit sich in die Dunkelheit. „Weg von hier!", keuchte sie, ihre Schritte stolpernd, aber zielgerichtet. Der Wald vor ihnen war dicht, die Äste wie Klauen, die nach ihnen griffen, doch es war ihre einzige Hoffnung.

Hinter ihnen ertönte ein markerschütternder Schrei, ein Geräusch, das weder menschlich noch tierisch war. Marcel wagte es nicht, sich umzusehen. Die roten Augen waren ihnen dicht auf den Fersen.

Marcel und Marry stürmten durch das Unterholz, ihre Schritte schwer und hektisch, während sie sich durch das dichte Geflecht der Äste kämpften. Jeder Atemzug brannte in Marcels Lungen, aber er wusste, dass sie nicht anhalten konnten. Das Fauchen und das Knacken von Ästen hinter ihnen verrieten, dass die Kreatur ihnen dicht auf den Fersen war.

„Da vorne!" Marry deutete auf eine kleine Senke, die von hohen, knorrigen Bäumen umgeben war. Es war kein Versteck, aber es bot zumindest ein wenig Deckung. Marcel spürte, wie ihre Schritte immer unsicherer wurden, ihre Verletzung forderte ihren Tribut. Sie hatten keine Zeit für Schwäche, und trotzdem konnte er nicht anders, als zu ihr hinüberzusehen.

„Kannst du noch?" fragte er zwischen zwei schweren Atemzügen.

Marry nickte, obwohl ihre blassen Lippen etwas anderes sagten. „Ich schaffe es. Geh einfach weiter."

Sie erreichten die Senke, und Marcel half Marry, sich hinter einem umgestürzten Baumstamm zu ducken. Er presste sich selbst gegen das raue Holz, während er die Dunkelheit absuchte. Alles war still – zu still. Der plötzliche Mangel an Geräuschen ließ ihn nervös werden.

„Vielleicht... vielleicht haben wir sie abgeschüttelt?" flüsterte Marry, aber ihre Stimme klang kaum überzeugt.

Marcel wollte etwas erwidern, doch in diesem Moment sah er es: zwei glühende Punkte, die sich langsam zwischen den Bäumen bewegten. Die Kreatur hatte sie nicht verloren – sie hatte ihre Beute beobachtet, lauerte im Schatten, bereit zum Zuschlagen.

„Nein... sie ist noch da," murmelte er, seine Stimme kaum mehr als ein Zittern. Sein Blick wanderte zu Marry, die sich mit schmerzverzerrtem Gesicht gegen den Baumstamm lehnte. Er wusste, dass sie nicht in der Lage war, weiter zu rennen.

„Wir brauchen... wir brauchen eine Ablenkung," flüsterte er hektisch, seine Gedanken rasten. Er tastete nach einem losen Ast, einem Stein – irgendetwas, das sie werfen konnten, um die Kreatur abzulenken. Seine Finger fanden einen faustgroßen Felsbrocken, und ohne groß nachzudenken, schleuderte er ihn in die entgegengesetzte Richtung.

Das Knacken und Rollen des Steins durch die Büsche hallte laut in der Stille wider. Für einen Moment schien die Kreatur innezuhalten. Die roten Augen richteten sich zur Seite, und Marcel nutzte die Gelegenheit.

„Jetzt!", zischte er und zog Marry auf die Beine. Sie wankte, aber sie folgte ihm, während sie sich weiter durch die Wildnis kämpften. Der Boden wurde steiniger, und vor ihnen zeichnete sich eine Erhebung ab – vielleicht ein Hügel, vielleicht nur eine Anhöhe, aber in jedem Fall ein besserer Ort, um die Kreatur abzuschütteln.

Doch die Erleichterung war nur von kurzer Dauer. Ein tiefes Knurren ließ beide innehalten, und als Marcel zurückblickte, sah er, wie die Kreatur in einem schnellen, raubtierartigen Sprint auf sie zukam. Die roten Augen glühten wie zwei brennende Kohlen, und das Fauchen schien direkt in seinem Kopf zu hallen.

„Weiter!" Marry schrie die Worte, ihre Stimme verzweifelt, aber fest. Marcel packte ihre Hand fester und zog sie mit sich, während sie den steilen Hang erklommen.

Ihre Beine schmerzten, die Luft war dünn, und die Dunkelheit schien sie zu verschlucken, doch dann, inmitten des Chaos, geschah das Unvorstellbare: Ein weiteres Geräusch durchbrach die Nacht. Ein tiefes, sanftes Wiehern, das von irgendwo oberhalb von ihnen kam.

„Die Pferde," keuchte Marry, und ihre Augen weiteten sich vor Hoffnung. Marcel richtete seinen Blick nach oben und sah sie – die dunklen Silhouetten der Wildpferde, die sich auf dem Kamm der Anhöhe sammelten, ihre Präsenz wie eine schützende Wand zwischen ihnen und der Gefahr.

Der Anführer der Herde, der schwarze Hengst, trat hervor. Seine mächtige Gestalt wurde von den fahlen Mondstrahlen umrahmt, und sein Wiehern durchbrach die Spannung der Nacht. Es war, als ob die Tiere ihre Rolle als Beschützer akzeptiert hätten.

„Lauf zu ihnen," sagte Marcel, und ohne zu zögern, stürmten sie den Hügel hinauf, während die Pferde ihnen den Weg freimachten.

Marcel und Marry erreichten keuchend den Kamm der Anhöhe, ihre Herzen schlugen wie Trommeln in der Brust. Die Wildpferde umgaben sie, ihre mächtigen Körper strahlten Ruhe und Stärke aus, während die Kreatur mit den roten Augen am Fuße des Hügels zum Stehen kam.

Das Wesen bewegte sich unruhig, seine Bewegungen ruckartig und rastlos. Es schien die Pferde zu beobachten, und Marcel konnte das unnatürliche Glühen seiner Augen spüren, selbst aus der Entfernung. Die Wildpferde standen wie eine undurchdringliche Barriere zwischen ihnen und der Kreatur. Der schwarze Hengst, der Anführer der Herde, trat nach vorn, seine Hufe scharrten über den felsigen Boden.

„Was... was machen sie?" Marry klammerte sich an Marcels Arm, ihre Stimme zitterte vor einer Mischung aus Erschöpfung und Erstaunen.

„Ich weiß es nicht," flüsterte Marcel, unfähig, seinen Blick von der Szene zu lösen. Die Präsenz der Pferde war fast greifbar, als ob sie eine Art Schutzschild formten. Das Knurren der Kreatur wurde lauter, und sie machte einen zögerlichen Schritt nach vorne.

Der Hengst reagierte sofort. Mit einem durchdringenden Wiehern bäumte er sich auf, seine mächtigen Vorderhufe schlugen in die Luft, und sein ganzer Körper strahlte Entschlossenheit aus. Die

Kreatur hielt inne, ihr Fauchen klang plötzlich weniger bedrohlich, fast unsicher.

Marcel konnte nicht glauben, was er sah. Es war, als ob die Pferde die Kreatur einschüchtern konnten – als ob sie eine uralte, instinktive Macht über das Wesen ausübten. Die anderen Pferde folgten dem Beispiel des Hengstes, traten vor, ihre Hälse hoch erhoben, ihre Bewegungen koordiniert und einschüchternd.

Die Kreatur wich zurück. Für einen Moment schien sie zu zögern, ihre roten Augen wanderten von den Pferden zu Marcel und Marry. Es war, als ob sie einen letzten Versuch machte, ihre Beute zu erreichen, doch dann ließ sie ein unheimliches Kreischen hören, das die Luft zu zerreißen schien, und zog sich ins Dunkel des Waldes zurück.

Marcel wagte kaum zu atmen. „Sie... sie hat Angst vor ihnen," flüsterte er, unfähig, die Ereignisse zu verarbeiten.

Marry nickte schwach, ihre Knie gaben nach, und sie sank auf den Boden. „Es ist weg. Zumindest jetzt," murmelte sie, ihre Stimme erschöpft.

Der schwarze Hengst ließ sich zurück auf alle vier Hufe fallen und drehte sich zu ihnen um. Seine dunklen Augen fixierten Marcel, und für einen Moment hatte er das Gefühl, dass das Tier ihn verstand. Der Hengst senkte leicht den Kopf, als ob er sie willkommen hieß, und trat dann zurück in die Herde.

„Ich glaube, sie haben uns gerettet," sagte Marry leise, ihre Augen füllten sich mit Tränen, eine Mischung aus Erleichterung und Dankbarkeit.

Marcel legte ihr eine Hand auf die Schulter. „Und vielleicht werden sie das nochmal tun müssen. Aber fürs Erste... sind wir sicher." Er blickte über die Anhöhe, wo die ersten Anzeichen des Morgengrauens den Horizont zu erhellen begannen. Die Nacht war vorbei, aber ihre Reise war noch lange nicht zu Ende.

Die Pferde begannen sich zu bewegen, als ob sie sie zu etwas führen wollten. Der schwarze Hengst war der erste, der den Weg vorgab, und die anderen folgten ihm, immer wieder innehaltend und sich zu Marcel und Marry umdrehend.

„Ich glaube, sie wollen, dass wir mitkommen," sagte Marcel, seine Stimme war ruhig, aber voller Staunen. „Lass uns gehen."

Marry nickte und kämpfte sich auf die Beine, gestützt von Marcels Arm. Gemeinsam folgten sie der Herde, die sich wie ein Schutzschild um sie bewegte, in die noch ungewisse Zukunft.

Marcel und Marry folgten den Pferden, die sich langsam durch das unwegsame Gelände bewegten. Das Licht der Morgendämmerung tauchte die Welt um sie herum in einen grauen Schleier, der die Details des Waldes sanft verwischte. Die Wildpferde schienen instinktiv einen Weg zu kennen, der sie sicher vor den Gefahren der Nacht brachte. Der schwarze Hengst führte die Herde mit einer Souveränität, die Marcel erneut in Ehrfurcht versetzte.

Marry hielt sich an Marcels Arm fest, ihre Schritte waren schwer, doch ihr Blick wanderte immer wieder zu den Pferden vor ihnen. „Glaubst du, sie wissen, wo sie uns hinbringen?" fragte sie leise, als ob sie die Tiere nicht stören wollte.

„Ich weiß es nicht," gab Marcel zu. „Aber nach allem, was sie für uns getan haben... Ich glaube, wir können ihnen vertrauen." Seine

Stimme klang entschlossener, als er sich fühlte, doch die schiere Präsenz der Pferde verlieh ihm Hoffnung.

Die Gruppe erreichte schließlich eine kleine Lichtung. Im Zentrum der Lichtung erhob sich ein alter Baum mit weit ausladenden Ästen, dessen Wurzeln sich wie Finger durch den Boden zogen. Unter den Wurzeln entdeckten sie eine kleine Höhle, verborgen durch Moos und dichtes Laub. Die Pferde hielten an und begannen, sich um die Höhle zu verteilen, als ob sie das Versteck bewachen wollten.

Der Hengst trat näher an Marcel und Marry heran, blieb direkt vor ihnen stehen und neigte den Kopf leicht zur Seite. Marcel schluckte. „Ich glaube... ich glaube, das ist für uns," sagte er und deutete auf die Höhle.

Marry ließ sich schwer auf einen der Felsen sinken, die den Eingang flankierten, und atmete tief ein. „Es sieht sicher aus," murmelte sie. Ihre Augen wanderten zu dem Hengst. „Fast zu sicher."

Marcel half ihr vorsichtig, sich in die Höhle zu bewegen. Drinnen war es unerwartet geräumig. Das weiche Licht des Morgens fiel durch ein paar Ritzen in der Decke, und die Luft war angenehm kühl. Es schien, als ob dieser Ort schon lange nicht mehr von Menschen genutzt worden war, aber es war sauber und trocken – ein perfektes Versteck.

„Wir sollten hier rasten," schlug Marcel vor und ließ sich neben Marry nieder. „Zumindest für ein paar Stunden, bis wir uns sicher sind, dass diese Kreatur nicht zurückkommt."

Marry nickte schwach, ihre Augen waren müde, doch ein Hauch von Erleichterung schimmerte darin. „Und was, wenn sie zurückkommt?" fragte sie leise.

Marcel sah zu dem Eingang, wo die Pferde wie Wächter verweilten. Der Hengst stand stoisch, sein Blick war nach außen gerichtet, in die Richtung, aus der sie gekommen waren. „Dann..." Marcel atmete tief ein. „Dann werden sie uns wieder helfen. Ich weiß nicht, warum, aber ich glaube, dass wir ihnen vertrauen können."

Marry schloss für einen Moment die Augen, und eine seltsame Ruhe legte sich über die Höhle. Die Stille war diesmal nicht bedrohlich, sondern fast beruhigend, unterbrochen nur vom gelegentlichen Schnauben der Pferde draußen und dem fernen Zwitschern von Vögeln.

„Weißt du," begann Marry leise, „inmitten all dieser Gefahr... ist das fast der friedlichste Ort, an dem ich je war."

Marcel warf ihr einen Seitenblick zu und lächelte leicht. „Frieden mitten im Chaos. Vielleicht ist das alles, was wir jetzt brauchen."

Sie blieben eine Weile schweigend sitzen, während die Sonne langsam höher stieg. Die Wildpferde bewegten sich kaum, und der schwarze Hengst hielt seine Position, seine Ohren zuckten bei jedem Geräusch.

Doch Marcel wusste, dass dies nur eine Pause war. Die Kreatur war verschwunden, aber nicht besiegt, und die Gefahr war noch lange nicht vorbei. Die Insel hatte ihnen ein weiteres Rätsel gegeben – eines, das sie entschlüsseln mussten, um zu überleben.

Die Ruhe in der Höhle wurde nur durch das leise Rascheln des Windes in den Bäumen draußen gestört. Marcel spürte, wie seine Muskeln sich langsam entspannten, doch sein Verstand blieb wachsam. Er beobachtete Marry, die sich gegen die kühle Steinwand lehnte und vorsichtig ihre verletzte Schulter massierte.

Sie schien erschöpft, aber es war ein Hauch von Entschlossenheit in ihren Augen.

„Wir können nicht ewig hierbleiben," murmelte sie schließlich, ihre Stimme war kaum mehr als ein Flüstern. „Irgendwann wird dieses Ding wieder auftauchen. Und was dann?"

Marcel nickte, auch wenn ihm keine klare Antwort einfiel. „Du hast recht. Aber zuerst müssen wir unsere Kräfte sammeln. Wenn wir weiterziehen, brauchen wir einen Plan."

Marry richtete sich ein wenig auf und warf ihm einen durchdringenden Blick zu. „Plan? Marcel, wir wissen nicht mal, wo wir sind oder was uns da draußen noch erwartet. Das Einzige, was wir wissen, ist, dass diese Kreatur uns jagt."

„Genau deshalb müssen wir uns vorbereiten," erwiderte Marcel und spürte, wie seine Stimme fester wurde. „Wir brauchen Nahrung, Wasser – irgendetwas, das uns einen Vorteil verschafft. Vielleicht finden wir hier auf der Insel noch mehr, das uns helfen kann."

Marry schloss für einen Moment die Augen und atmete tief durch. „Du hast recht," sagte sie schließlich, ihre Worte langsam und bedacht. „Aber wenn wir weiterziehen, müssen wir wissen, wohin. Wir können uns nicht einfach blind in diese Wildnis stürzen."

Marcel blickte zur Höhlenöffnung hinaus, wo der schwarze Hengst noch immer stand. Die anderen Pferde hatten sich ein wenig weiter in die Lichtung zurückgezogen, doch der Hengst blieb an Ort und Stelle, als ob er wachte. „Vielleicht... vielleicht können sie uns führen," sagte Marcel leise. „Die Pferde scheinen zu wissen, was sie tun. Sie haben uns bisher geholfen."

Marry öffnete die Augen und folgte seinem Blick. „Du meinst, wir sollten ihnen vertrauen?"

„Warum nicht?" Marcel zuckte die Schultern. „Sie haben uns gerettet. Und sie führen uns hierher, zu diesem Ort. Es fühlt sich an, als ob sie... mehr wissen, als wir glauben."

Marry schien einen Moment nachzudenken, bevor sie langsam nickte. „Vielleicht hast du recht. Aber wenn wir ihnen folgen, dann tun wir das mit einem Ziel. Wir brauchen einen Ort, der sicherer ist als dieser. Und wir müssen einen Weg finden, um diese Kreatur endgültig loszuwerden."

„Abgemacht," sagte Marcel, ein Hauch von Zuversicht in seiner Stimme. „Aber erst mal sollten wir nach Vorräten suchen. Vielleicht gibt es hier in der Nähe etwas Nützliches. Und danach... ziehen wir weiter."

Marry lächelte schwach. „Ich kann nicht glauben, dass ich einem Mann vertraue, der vor zwei Tagen noch nicht mal wusste, wie man eine Kokosnuss öffnet."

Marcel grinste. „Das nennt man Fortschritt."

Sie teilten ein kurzes Lachen, das sich seltsam deplatziert, aber auch befreiend anfühlte. Dann stand Marcel auf und streckte die steifen Glieder. „Bleib hier. Ich sehe mich draußen um. Die Pferde scheinen uns zu bewachen, also sollte es sicher sein."

„Pass auf dich auf," sagte Marry und lehnte sich zurück, ihre Augen folgten ihm, während er zur Höhlenöffnung ging.

Draußen war die Luft frisch, und die ersten Sonnenstrahlen brachen durch die Bäume. Der schwarze Hengst beobachtete

Marcel aufmerksam, schien jede seiner Bewegungen zu studieren. Marcel hielt inne und nickte dem Tier dankbar zu, bevor er sich in Richtung der Lichtung bewegte.

Es war ruhig, fast zu ruhig, als Marcel begann, die Umgebung zu erkunden. Er fand ein paar Wurzeln, die essbar aussahen, und sammelte sie vorsichtig ein. Sein Blick wanderte immer wieder zu den Pferden, die ihn aus sicherer Entfernung beobachteten.

Plötzlich bemerkte er etwas Ungewöhnliches – eine Spur, die sich durch den weichen Waldboden zog. Es war keine Tierspur, sondern eine schmale Linie, als hätte jemand einen schweren Gegenstand hinter sich hergezogen. Marcel kniete sich hin und untersuchte die Spur genauer. Sie war frisch, und sie führte tiefer in den Wald.

Sein Herz begann schneller zu schlagen. Sollte er der Spur folgen? Sie könnte von etwas stammen, das ihnen helfen konnte – oder von etwas, das sie in Gefahr brachte. Marcel war hin- und hergerissen, doch ein leises Wiehern des Hengstes hinter ihm riss ihn aus seinen Gedanken.

Er drehte sich um und sah, wie das Tier ihn mit wachem Blick ansah. Es schnaubte leise, als ob es ihn warnen wollte. Marcel nickte langsam. „Ich verstehe," murmelte er. „Nicht allein."

Er kehrte zur Höhle zurück, das Bündel mit den Wurzeln fest in der Hand. „Marry," sagte er mit ernster Stimme, als er eintrat. „Ich glaube, ich habe etwas gefunden."

Marry hob den Kopf, als Marcel mit einem Bündel Wurzeln in den Händen in die Höhle trat. Sie bemerkte den ernsten Ausdruck auf seinem Gesicht und setzte sich aufrecht hin, trotz der Schmerzen in ihrer Schulter. „Was hast du gefunden?" fragte sie, ihre Stimme gedämpft von der Anspannung der letzten Stunden.

Marcel ließ sich neben ihr nieder und breitete die Wurzeln vor ihr aus. „Nichts Besonderes – nur ein paar Vorräte," begann er, aber sein Tonfall verriet, dass da mehr war. „Doch draußen habe ich etwas gesehen. Eine Spur. Sie führt tiefer in den Wald. Es sieht aus, als hätte jemand etwas Schweres geschleift."

Marrys Augen weiteten sich leicht. „Jemand? Glaubst du, es gibt hier andere Überlebende?"

„Ich weiß es nicht," antwortete Marcel, während er unruhig an den Wurzeln nestelte. „Aber die Spur ist frisch. Ich habe das Gefühl, dass wir sie verfolgen sollten. Vielleicht führt sie uns zu etwas Nützlichem – oder zu einer Gefahr."

Marry schwieg einen Moment, ihr Blick wanderte zur Höhlenöffnung, wo das leise Schnauben der Pferde zu hören war. „Die Frage ist, ob wir stark genug sind, um dem zu folgen. Was, wenn es eine Falle ist? Was, wenn das Ding mit den roten Augen uns dahin locken will?"

Marcel nickte langsam. „Ich habe darüber nachgedacht. Aber die Pferde... Der Hengst hat mich gewarnt, glaube ich. Er wollte, dass ich nicht allein gehe. Vielleicht sollten wir ihm vertrauen – ihm und der Spur folgen."

Marry sah ihn an, ihre Zweifel waren offensichtlich, aber auch die Erkenntnis, dass sie keine bessere Option hatten. „Okay," sagte sie schließlich. „Aber wir machen das zusammen. Wenn wir etwas finden, sind zwei besser als einer."

Marcel half ihr auf die Beine, und die beiden verließen die Höhle. Der schwarze Hengst stand immer noch in der Nähe, seine wachsamen Augen folgten jeder Bewegung. Die Spur war nicht weit entfernt, und Marcel führte Marry zu dem Ort, wo er sie entdeckt hatte. Er kniete sich hin und zeigte auf die lange Linie im Boden.

„Sie führt in diese Richtung," sagte er, wobei er auf einen dunkleren Abschnitt des Waldes deutete, wo die Bäume dichter standen und kaum Licht hindurchdrang.

Marry schauderte. „Das sieht nicht gerade einladend aus."

„Ich weiß," erwiderte Marcel. „Aber wir haben keine Wahl."

Langsam folgten sie der Spur, die sich wie eine schmale Narbe durch den weichen Boden zog. Die Wildpferde hielten Abstand, doch sie bewegten sich parallel zu ihnen, als ob sie bereit wären, einzugreifen, falls etwas schiefging. Das dichte Dickicht um sie herum wurde dunkler, die Geräusche der Natur wurden leiser. Es war, als ob der Wald selbst den Atem anhielt.

Plötzlich blieb Marry stehen. „Hörst du das?" flüsterte sie.

Marcel hielt inne und lauschte. Erst hörte er nichts, doch dann – ein leises, metallisches Klirren. Es war kaum wahrnehmbar, wie das Geräusch einer Kette, die in Bewegung war.

„Da vorne," sagte Marcel und deutete auf eine Stelle, wo sich die Spur verbreitete und zu einer kleinen Lichtung führte. Die Bäume öffneten sich, und in der Mitte der Lichtung lag etwas, das sie beide verstummen ließ.

Es war ein Käfig, grob aus Metallstangen gefertigt, mit Spuren von Rost und Moos, als ob er schon lange hier stand. Doch was sie wirklich erstarren ließ, war das, was darin lag: Ein menschlicher Arm, blass und bewegungslos, ragte aus dem Inneren des Käfigs heraus.

Marry keuchte, und Marcel spürte, wie seine Kehle trocken wurde. „Oh mein Gott," flüsterte sie, während sie einen Schritt zurücktrat.

Marcel wollte etwas sagen, doch bevor er dazu kam, ertönte ein Geräusch hinter ihnen – ein leises Knurren, das langsam zu einem unheimlichen Fauchen anwuchs. Die roten Augen leuchteten plötzlich im Schatten der Bäume auf.

„Es hat uns gefunden," flüsterte Marcel, seine Stimme zitterte vor Adrenalin. Er drehte sich langsam um, und die Kreatur trat aus der Dunkelheit hervor. Sie war größer, als er sie in Erinnerung hatte, und ihre leuchtenden Augen schienen vor Zorn zu brennen.

„Marcel," flüsterte Marry und griff nach seiner Hand. „Was machen wir jetzt?"

Doch bevor er antworten konnte, ertönte ein weiteres Geräusch – ein tiefes Wiehern, gefolgt vom donnernden Stampfen der Hufe. Der schwarze Hengst und die Herde brachen durch die Bäume, und der Hengst stellte sich schützend zwischen die Kreatur und die beiden Menschen.

Die Luft war aufgeladen, als die beiden Feinde einander gegenüberstanden. Die Kreatur fauchte, der Hengst schnaubte bedrohlich. Marcel wusste, dass dies kein gewöhnlicher Kampf war – es war ein Duell, das älter war als sie beide.

Und dann – ein plötzlicher Knall, wie ein Schuss, der die Luft zerriss. Der Boden unter ihnen bebte leicht, und ein helles Licht schoss vom Käfig in die Höhe, als ob etwas Erwachendes entfesselt wurde.

„Was war das?" rief Marry, ihre Stimme war von Panik erfüllt. Doch Marcel hatte keine Zeit zu antworten, denn die Kreatur sprang.

KAPITEL 9
DAS LETZTE LICHT

Die Kreatur stürzte mit einer unheimlichen Geschwindigkeit vorwärts, ihre leuchtenden Augen fixierten Marcel und Marry wie zwei blutrote Zielpunkte. Doch bevor sie ihr Ziel erreichen konnte, schoss der schwarze Hengst nach vorne. Mit einem donnernden Schlag seiner Hufe traf er die Kreatur an der Seite und schleuderte sie zurück in den Schatten des Waldes.

Das Fauchen wurde lauter, aggressiver, doch der Hengst blieb standhaft. Die Herde stellte sich in einer geschlossenen Formation um Marcel und Marry, ihre Körper bildeten eine lebendige Barrikade. Es war, als ob die Wildpferde eine uralte Kraft mobilisierten, die den Eindringling in Schach hielt.

„Marcel, wir müssen hier weg!" Marry zerrte an seinem Arm, doch Marcel war wie erstarrt, seine Augen fixierten das surreal wirkende Duell zwischen dem Hengst und der Kreatur.

Die Kreatur sprang erneut vor, ihre langen Gliedmaßen wirkten unnatürlich verdreht, und ihre Bewegungen waren eine Mischung aus Kriechen und Sprinten. Der Hengst wich geschickt aus, seine mächtigen Hufe trafen erneut, diesmal mit einem Knall, der durch die Lichtung hallte.

„Jetzt!" Marry schrie, und Marcel riss sich endlich los. Die Pferde öffneten eine schmale Lücke in ihrer Formation, als ob sie den Menschen ein Zeichen gaben, den Ort zu verlassen.

„Komm!" Marcel packte Marry bei der Hand, und sie rannten, die Stampfen der Hufe und das Fauchen der Kreatur hinter sich lassend. Die Herde folgte ihnen dicht, immer wieder zurückblickend, als ob sie sicherstellen wollten, dass die Kreatur sie nicht verfolgte.

Sie kämpften sich durch das dichte Unterholz, die Äste peitschten gegen ihre Gesichter, und der Boden unter ihren Füßen war uneben und rutschig. Marry keuchte vor Schmerz, ihre verletzte Schulter schien bei jedem Schritt aufzuschreien, doch sie hielt durch.

Nach einer endlosen Flucht erreichten sie eine kleine Anhöhe, die einen Blick auf das weitläufige Tal der Insel bot. Die Pferde kamen zum Stehen, ihre Körper dampften vor Anstrengung, doch ihre Augen blieben wachsam auf den Wald hinter ihnen gerichtet.

„Sind wir... sind wir in Sicherheit?" Marry sank auf die Knie und presste ihre Hand gegen ihre Schulter. Ihr Atem ging schwer, ihre Haut war schweißnass und blass.

Marcel ließ seinen Blick zurück über den Wald schweifen. Die Dunkelheit, die die Kreatur mit sich brachte, schien zu verblassen, doch ein mulmiges Gefühl blieb. „Ich glaube, ja. Zumindest fürs Erste," antwortete er und sank neben Marry auf den Boden.

Der schwarze Hengst trat vor, sein mächtiger Körper hob sich gegen den helleren Himmel ab. Marcel konnte die Intelligenz in seinen dunklen Augen sehen, als das Tier ihn direkt ansah. Es war, als wollte der Hengst ihm etwas mitteilen, etwas, das über bloße Schutzinstinkte hinausging.

Marcel nickte langsam. „Danke," murmelte er, seine Stimme war von Ehrfurcht erfüllt. Der Hengst schnaubte, bevor er sich abwandte und sich wieder der Herde anschloss. Doch die Pferde blieben in der Nähe, als ob sie weiter über sie wachen wollten.

„Marcel," begann Marry leise, ihre Stimme zitterte vor Erschöpfung und etwas, das wie Furcht klang. „Dieses Ding... es wird nicht aufhören, uns zu jagen, oder?"

Marcel wollte antworten, doch bevor er ein Wort sagen konnte, ertönte ein weiteres Geräusch, das ihnen beiden das Blut in den Adern gefrieren ließ – ein leises, klirrendes Geräusch, wie das Schaben von Metall auf Stein.

„Das ist von dem Käfig," flüsterte Marry und sah ihn mit weit aufgerissenen Augen an. „Was... was immer da drin war..."

Marcel fühlte, wie sein Magen sich zusammenzog. „Es hat sich bewegt."

Marcel starrte ins Leere, seine Gedanken überschlugen sich. Das leise Klirren schien durch die Luft zu schweben und sie direkt zu verfolgen, selbst hier auf der Anhöhe, weit weg von der Lichtung mit dem Käfig.

„Es war nicht nur die Kreatur," murmelte er, fast zu sich selbst. „Etwas anderes war da... in dem Käfig. Und jetzt ist es wach."

Marry zog die Beine an ihre Brust und versuchte, die zitternden Hände zu beruhigen. „Was glaubst du, war es?" Ihre Stimme war kaum mehr als ein Flüstern, und in ihren Augen spiegelte sich die gleiche Angst, die auch Marcel empfand.

Er schüttelte langsam den Kopf. „Ich weiß es nicht. Aber wenn die Kreatur dieses Ding bewacht hat... dann ist es nichts, das wir hier auf der Insel haben wollen."

Der schwarze Hengst schnaubte leise, als ob er den Gedanken bestätigen wollte. Die Herde wirkte unruhig, die Pferde scharrten mit den Hufen und warfen ihre Köpfe in die Luft, als spürten sie eine unsichtbare Bedrohung, die näher rückte.

Marry riss sich aus ihrer Schockstarre und packte Marcel am Arm. „Wir müssen herausfinden, was das ist. Wenn es gefährlich ist, könnte es uns früher oder später finden."

Marcel sah sie an, seine Stirn von Sorgenfalten durchzogen. „Wie willst du das machen? Zurückgehen? Zu dem Käfig? Das wäre Selbstmord, Marry."

Sie biss sich auf die Lippe, und ihr Blick wanderte zu den Pferden. „Ich weiß nicht... aber vielleicht gibt es hier auf der Insel Hinweise. Die Spur, die du gefunden hast – vielleicht gehört sie zu dem Käfig. Vielleicht können wir herausfinden, wer das war, was sie transportiert haben, und vor allem, wie wir es stoppen können."

Marcel wollte widersprechen, doch Marry hatte recht. Sie konnten nicht einfach weiterlaufen, ohne Antworten zu finden. Die Bedrohung war zu groß, um sie zu ignorieren. Er atmete tief ein. „Okay," sagte er schließlich. „Aber wir gehen vorbereitet. Und wir warten, bis wir uns sicher sind, dass diese Kreatur nicht mehr in der Nähe ist."

Marry nickte, und für einen Moment herrschte eine bedrückende Stille. Doch dann hallte ein entferntes Geräusch durch die Nacht, ein tiefes, rhythmisches Schlagen, das nicht von den Pferden kam. Es war schwer zu deuten – wie ein Herzschlag, der von einem unsichtbaren Koloss ausging.

„Das ist… das kann nicht von einem Tier stammen," flüsterte Marry, ihr Gesicht war aschfahl. „Was ist das?"

Marcel sprang auf und richtete seinen Blick in die Richtung, aus der das Geräusch kam. Es war nicht nur ein Schlagen, sondern ein tiefes Vibrieren, das in seiner Brust widerhallte. „Es kommt vom Käfig," sagte er, seine Stimme war flach vor Furcht.

Bevor sie reagieren konnten, explodierte die Stille. Ein ohrenbetäubendes Dröhnen, als ob Metall zerrissen wurde, hallte durch die Insel. Die Pferde wieherten panisch, und die Herde setzte sich schlagartig in Bewegung. Der schwarze Hengst rannte voraus, warf jedoch einen letzten Blick zurück zu Marcel und Marry, als ob er sie warnen wollte.

„Wir müssen los!" schrie Marry, doch ihre Worte gingen im Chaos der plötzlichen Geräusche unter.

Das Dröhnen ebbte ab, und für einen Moment herrschte Totenstille. Doch dann, aus der Ferne, erklang ein neues Geräusch. Es war tiefer, bedrohlicher – ein Brüllen, das alles um sie herum in seinen Bann zog. Es war nicht die Kreatur mit den roten Augen. Es war etwas Größeres. Etwas, das frei war.

Marcel fühlte, wie sein Herz einen Moment aussetzte. Das Brüllen war kein einfaches Geräusch – es war ein bedrohliches Echo, das den Boden unter seinen Füßen vibrieren ließ. Marry schnappte nach Luft, ihre Augen suchten verzweifelt die der Pferde, als ob sie Hoffnung in ihrem Verhalten finden wollte.

„Das ist… nicht möglich," flüsterte sie, ihre Stimme kaum hörbar. „Wie kann das Ding so… groß sein?"

Der schwarze Hengst hielt inne, drehte seinen Kopf und warf Marcel einen durchdringenden Blick zu. Es war mehr als ein Warnsignal – es war, als ob das Tier eine Entscheidung forderte. Einen Moment lang trafen sich ihre Blicke, und Marcel spürte eine seltsame Verbindung, die ihn zu durchdringen schien. Der Hengst schnaubte tief, stampfte einmal mit seinen Hufen und rannte dann in Richtung des Geräuschs.

„Was macht er da?" rief Marry, ihre Stimme klang fast panisch. „Er... er läuft direkt darauf zu!"

„Er will uns Zeit verschaffen," sagte Marcel langsam, und seine Worte fühlten sich schwer auf seiner Zunge an. „Die Pferde... sie opfern sich, um uns zu schützen."

Marry packte seinen Arm, ihre Augen waren weit aufgerissen. „Das können wir nicht zulassen! Marcel, wir können sie nicht einfach zurücklassen!"

Doch Marcel wusste, dass es keine Wahl gab. „Wenn wir jetzt zurückgehen, sterben wir alle," sagte er fest und deutete auf den Weg, der sich von der Anhöhe in ein verborgenes Tal hinunterzog. „Wir müssen von hier weg, Marry. Jetzt. Sonst war ihre Rettung umsonst."

Marry wollte widersprechen, doch ein weiteres Brüllen hallte durch die Nacht, gefolgt von einem dumpfen Schlag, der den Boden unter ihnen erschütterte. Sie biss sich auf die Lippe, Tränen der Frustration und Angst liefen über ihre Wangen, doch sie nickte schließlich.

„Gut," flüsterte sie. „Aber wir finden einen Weg, das zu beenden. Wir schulden es ihnen."

Marcel legte eine Hand auf ihre Schulter, doch die Worte, die er sagen wollte, blieben unausgesprochen. Stattdessen zog er sie mit sich den schmalen Pfad hinunter, während die Herde in der Ferne in den Kampf zog.

Der Weg war steil, und die Dunkelheit ließ jeden Schritt zu einer gefährlichen Herausforderung werden. Doch das Brüllen wurde leiser, und die bedrohliche Vibration in der Luft schien sich zurückzuziehen. Es fühlte sich an, als würde die Insel selbst einen Moment der Ruhe gewähren.

Plötzlich blieb Marry stehen. „Warte," flüsterte sie und zeigte auf etwas, das zwischen den Bäumen verborgen war. Ein schwaches Licht flackerte in der Ferne – nicht das natürliche Licht der Sterne oder des Mondes, sondern ein warmes, künstliches Leuchten.

„Das ist kein Feuer," sagte Marcel, seine Stirn legte sich in Falten. „Es sieht... elektrisch aus."

Die beiden tauschten einen Blick, bevor sie vorsichtig auf das Licht zugingen. Je näher sie kamen, desto deutlicher wurde die Quelle. Es war ein kleiner, aus Beton gefertigter Bunker, dessen Tür halb geöffnet war. Das Flackern kam von einem gebrochenen Lichtstreifen, der über der Tür hing und ein dumpfes Summen von sich gab.

„Ein Bunker," murmelte Marry. „Vielleicht ist das... vielleicht finden wir hier Antworten."

Marcel nickte, sein Blick wanderte zu der dunklen Öffnung, die in den Untergrund führte. „Oder noch mehr Gefahren."

Er griff nach einem losen Ast, der am Boden lag, und hielt ihn wie eine provisorische Waffe vor sich. „Bleib dicht hinter mir," sagte er leise, bevor er langsam die Stufen zum Bunker hinunterging.

Die Luft im Inneren war feucht und abgestanden, und der Flur war von einem schwachen, grünlichen Licht erfüllt. Marcel konnte das Summen eines Generators hören, der irgendwo im Inneren arbeiten musste. Es fühlte sich an, als ob sie in ein längst vergessenes Grab stiegen, in dem etwas noch lebte.

Plötzlich blieb er stehen. Vor ihnen, in der Mitte des Raumes, stand ein riesiger Metallbehälter, der mit schweren Ketten gesichert war. Die Ketten waren teilweise gerissen, und auf dem Boden lagen frische Kratzer, als ob etwas versucht hatte, sich zu befreien.

„Das war hier drin," flüsterte Marry und deutete auf den Behälter. Ihre Stimme zitterte vor Angst. „Das... was auch immer das ist... es war hier drin."

Bevor Marcel antworten konnte, ertönte ein weiteres Brüllen, diesmal viel näher. Die Wände des Bunkers bebten, und ein donnernder Schlag ließ Staub von der Decke rieseln.

„Es weiß, dass wir hier sind," sagte Marcel, seine Stimme angespannt. „Wir müssen etwas finden... irgendwas, das uns hilft!"

Marry rannte zu einem alten Schreibtisch, der an der Wand stand, und durchwühlte hektisch die Papiere darauf. „Hier!" rief sie plötzlich und hielt ein handgeschriebenes Dokument hoch. „Hier steht etwas über ein Experiment. Eine Art biologisches Wesen... sie nennen es..."

Ein weiterer Schlag, noch heftiger, ließ die Decke beängstigend knacken. Marry hielt inne, ihre Stimme brach ab, und sie sah Marcel mit weit aufgerissenen Augen an.

„Es nennt sich Projekt Chimera."

In diesem Moment krachte die Tür des Bunkers auf, und die Dunkelheit draußen wurde von zwei glühend roten Augen durchbohrt.

Marcel wirbelte herum, sein Herz raste, als die roten Augen die Tür des Bunkers durchbrachen. Ein schauriges Fauchen, das durch Mark und Bein ging, erfüllte die stickige Luft. Die Kreatur – oder was immer es war – bewegte sich langsam, methodisch, als ob sie ihre Beute genau studierte, bevor sie zuschlug.

„Marry, wir müssen hier raus!" rief Marcel, doch seine Stimme klang hohl in dem engen Raum.

Marry klammerte sich an das Dokument in ihren Händen, ihre Augen starr auf die glühenden Punkte gerichtet. „Es ist das Experiment," flüsterte sie, als ob sie es zu begreifen versuchte. „Es ist das..."

„Egal, was es ist, es wird uns töten, wenn wir nicht sofort verschwinden!" Marcel riss sie an der Schulter, um sie aus ihrer Starre zu lösen, und zog sie in Richtung des hinteren Teils des Bunkers. Ein schmaler Gang führte tiefer in den Betonkomplex, doch die flackernden Lichter warfen unheimliche Schatten, die die Angst nur noch verstärkten.

Die Kreatur setzte ihren langsamen, bedrohlichen Marsch fort. Ihre langen Gliedmaßen bewegten sich unnatürlich, und ihr Körper schien sich durch den engen Eingang zu quetschen, ohne dass sie an Geschwindigkeit verlor. Das Fauchen wurde lauter, das Grollen ihrer Schritte hallte durch den Bunker.

Marry stolperte, und das Dokument fiel aus ihren Händen. Marcel packte sie, bevor sie zu Boden fiel, doch die Papiere wirbelten durch die Luft und landeten vor der Kreatur. Die roten Augen wandten sich für einen Moment darauf, und das Wesen knurrte tief, als ob es etwas erkannte.

„Es will nicht nur uns," flüsterte Marry, während Marcel sie wieder auf die Beine zog. „Es will das, was sie über es wissen."

„Es kann haben, was es will – solange wir hier rauskommen!" Marcel zerrte sie weiter durch den schmalen Korridor. Das Brüllen hinter ihnen ließ die Wände beben, und Marcel konnte den Atem der Kreatur spüren, der ihnen dicht auf den Fersen war.

Der Korridor öffnete sich schließlich in einen weiteren Raum. Dieser war größer, aber vollgestellt mit alten Maschinen, Pulten und verstaubten Monitoren. An der Rückwand befand sich eine große Metalltür mit einem leuchtenden roten Signal darüber – eindeutig ein Notausgang. Doch als Marcel die Tür erreichte und daran zog, bewegte sie sich keinen Millimeter.

„Nein, nein, nein!" fluchte er und riss verzweifelt an der Tür. Die Anzeige darüber zeigte „Verriegelt" in dicken, roten Buchstaben. „Sie ist verschlossen!"

Marry taumelte neben ihn und sah sich hektisch um. Ihr Blick fiel auf eine Konsole in der Mitte des Raums, deren Lichter noch funktionierten. „Vielleicht kann ich sie entriegeln!" Sie rannte zur Konsole, ihre Hände zitterten, als sie die veralteten Tasten drückte.

Die Kreatur hatte den Korridor erreicht und trat in den Raum. Ihr massiver Körper füllte die Türöffnung aus, und sie hielt inne, ihre roten Augen auf Marcel und Marry gerichtet. Ein tiefes Grollen entkam ihrer Kehle, als sie sich bereit machte, zuzuschlagen.

„Marry, wie lange noch?" schrie Marcel, während er sich instinktiv einen Metallstab schnappte, der auf dem Boden lag.

„Ich... ich weiß es nicht!" Marry drückte auf eine Taste nach der anderen, doch das Display blieb auf „Fehler" stehen. „Es muss einen Code geben! Irgendwas!"

Die Kreatur sprang plötzlich nach vorne, ihre langen Gliedmaßen peitschten durch die Luft. Marcel riss den Metallstab hoch und schlug zu, traf sie an der Seite ihres grotesken Körpers. Doch der Schlag war kaum mehr als eine Ablenkung – die Kreatur fauchte wütend und schnellte auf ihn zu.

„Marry!" brüllte Marcel, als er zurückwich, das Wesen direkt vor sich. „Wir haben keine Zeit!"

Marry drehte sich um, ihre Augen suchten hektisch den Raum ab. Sie bemerkte einen kleinen Schalter an der Wand neben der Tür, rot und unscheinbar. Ohne weiter nachzudenken, stürzte sie darauf zu und schlug ihn um.

Ein schrilles Alarmsignal ertönte, und das rote „Verriegelt" über der Tür wechselte zu „Entsperrt". Die schwere Metalltür öffnete sich langsam mit einem mechanischen Knirschen.

„Marcel, jetzt!" schrie Marry.

Marcel warf sich unter den schlagenden Arm der Kreatur hindurch, die ihn fast erwischt hätte, und rannte zur Tür. Marry packte seinen

Arm, und zusammen schlüpften sie durch den schmalen Spalt der sich öffnenden Tür.

Doch die Kreatur blieb nicht zurück. Mit einem letzten, ohrenbetäubenden Brüllen warf sie sich gegen die Tür, die unter dem Aufprall erbebte. Marcel und Marry stolperten durch den Flur auf der anderen Seite, ihre Herzen hämmernd, als das Brüllen hinter ihnen immer lauter wurde.

Und dann – ein endgültiger Schlag, und die Tür hinter ihnen gab nach. Die Kreatur stürmte hindurch, und ihre roten Augen leuchteten stärker denn je.

„Es wird uns nicht aufgeben!" schrie Marry, während sie weiterliefen.

Doch vor ihnen öffnete sich plötzlich der Tunnel zu einer neuen Lichtung. Und auf dieser Lichtung, umrahmt vom letzten Licht des Tages, stand der schwarze Hengst. Er scharrte mit den Hufen, und hinter ihm sammelte sich die Herde. Die Pferde waren zurück – und sie waren bereit zu kämpfen.

Die Lichtung war erfüllt von einer stillen Spannung, die nur durch das Fauchen der Kreatur und das tiefe Schnauben des schwarzen Hengstes unterbrochen wurde. Marcel und Marry stolperten auf die Wiese, ihre Lungen brannten von der Flucht. Sie hielten inne, die Augen auf den Hengst gerichtet, dessen mächtige Präsenz den gesamten Raum einzunehmen schien.

Die Kreatur mit den roten Augen trat aus dem Tunnel auf die Lichtung, ihre Bewegungen waren jetzt noch aggressiver, ihre Augen glühten wie Feuerbälle in der Dunkelheit. Doch sie zögerte, als sie die Wildpferde sah. Die Herde stand wie eine unüberwindbare Mauer aus Muskeln und Entschlossenheit, der Hengst an ihrer Spitze.

„Was… was tun sie?" flüsterte Marry, ihre Stimme bebte.

„Sie schützen uns," sagte Marcel, seine Stimme war ebenso von Angst und Ehrfurcht erfüllt. „Aber ich glaube, diesmal endet es hier."

Der schwarze Hengst ließ ein durchdringendes Wiehern hören, das durch die Luft schnitt wie ein Kampfruf. Die Kreatur fauchte zurück, ihre massiven Gliedmaßen peitschten durch die Luft, als ob sie sich auf einen letzten Angriff vorbereitete. Doch die Pferde bewegten sich nicht – sie standen fest, ihre Hälse hoch erhoben, bereit für den Kampf.

Die Kreatur sprang. Mit einer Geschwindigkeit, die kein Mensch hätte erahnen können, stürzte sie auf den Hengst zu, ihre Krallen ausgefahren, ihre roten Augen vor Zorn glühend. Doch der Hengst war schneller. Mit einem einzigen, präzisen Schlag seiner Hufe traf er die Kreatur direkt an der Brust. Das Fauchen des Wesens verwandelte sich in ein schmerzerfülltes Kreischen, als es durch die Luft geschleudert wurde und hart auf dem Boden landete.

Die Herde reagierte sofort. Die Wildpferde stürmten nach vorn, ihre mächtigen Körper drängten die Kreatur zurück. Sie umzingelten sie, traten und schlugen mit einer Koordination, die fast unheimlich wirkte. Die Kreatur fauchte und kämpfte, doch gegen die schiere Masse und Kraft der Pferde hatte sie keine Chance.

Marcel und Marry beobachteten das Geschehen, unfähig, sich zu bewegen. Das Fauchen der Kreatur wurde schwächer, und schließlich, mit einem letzten, ohrenbetäubenden Schrei, brach sie zusammen. Ihr Körper zuckte noch ein paar Mal, dann erlosch das rote Glühen in ihren Augen.

Die Herde hielt inne, ihre Bewegungen wurden langsamer, bis sie schließlich ganz zum Stehen kamen. Der schwarze Hengst trat vor, sein Atem war schwer, doch seine Haltung war unverändert stolz. Er stellte sich über die reglose Kreatur, warf den Kopf zurück und ließ ein triumphierendes Wiehern hören, das durch die Nacht hallte.

Marcel fiel auf die Knie, seine Beine gaben unter der Last der Ereignisse nach. „Sie... sie haben es geschafft," flüsterte er, seine Stimme kaum mehr als ein Hauch.

Marry ließ sich neben ihm nieder, Tränen liefen über ihre schmutzigen Wangen. „Wir haben überlebt," sagte sie, und in ihren Worten lag eine Mischung aus Unglauben und Dankbarkeit.

Der Hengst drehte sich zu ihnen um, seine dunklen Augen trafen die ihren. Es war, als ob er ihnen eine Botschaft vermittelte, ein stummes Versprechen, dass sie sicher waren – zumindest für jetzt. Die Herde sammelte sich um ihn, und langsam, fast ehrfürchtig, zogen die Pferde zurück in den Wald, bis sie im Schatten verschwanden.

Die Lichtung war still. Nur das sanfte Rauschen des Windes durch die Bäume erinnerte daran, dass die Welt sich weiterdrehte.

Marcel stand schließlich auf und reichte Marry die Hand. „Wir leben noch," sagte er, ein schwaches Lächeln auf den Lippen.

Marry nahm seine Hand und ließ sich hochziehen. „Dank ihnen," sagte sie leise, ihr Blick folgte dem Schatten der verschwundenen Herde. „Aber was, wenn es noch mehr von diesen... Dingern gibt?"

Marcel sah sie an, seine Augen entschlossener, als sie es zuvor gesehen hatte. „Dann kämpfen wir. Mit allem, was wir haben. So wie sie es getan haben."

Die beiden standen noch einen Moment schweigend da, bevor sie sich in Richtung der aufgehenden Sonne wandten. Der Albtraum war vorüber – zumindest dieser eine. Doch sie wussten, dass die Insel noch viele Geheimnisse und Gefahren barg.

Und dennoch: Für diesen Moment hatten sie gewonnen.

KAPITEL 10
DIE RUHE NACH DEM STURM

Marcel erwachte langsam, die Sonne stand bereits hoch am Himmel. Die warmen Strahlen fielen durch das dichte Blätterdach, das über ihnen wuchs, und tauchten die Umgebung in ein sanftes, goldenes Licht. Neben ihm lag Marry, ihre Atmung ruhig und gleichmäßig, während sie tief schlief. Sie hatte es dringend gebraucht, das wusste er – beide hatten es gebraucht.

Er setzte sich auf und spürte die Müdigkeit in seinen Muskeln, die Nachwirkungen der letzten Stunden. Die Erinnerungen an den Kampf gegen die Kreatur waren noch frisch, doch der Schrecken hatte sich in eine seltsame Ruhe verwandelt. Die Wildpferde, die ihnen die Rettung ermöglicht hatten, grasten friedlich in der Nähe, ihre Bewegungen waren harmonisch und gelassen. Der schwarze Hengst hielt weiterhin Wache, sein massiver Körper war eine stille Versicherung, dass sie in Sicherheit waren.

Marcel sah sich um und erkannte, wie anders sich der Wald nun anfühlte. Die Luft war nicht mehr von Bedrohung durchzogen, sondern von einer sanften, fast tröstenden Stille. Es war, als hätte die Insel beschlossen, ihnen eine Atempause zu gewähren.

Langsam erhob sich Marry, blinzelte müde und rieb sich die Augen. „Wie lange… haben wir geschlafen?" murmelte sie.

„Ich weiß es nicht," antwortete Marcel, während er aufstand und sich den Sand von den Hosen klopfte. „Aber es fühlt sich an, als hätten wir es verdient."

Marry ließ ihren Blick über die Lichtung schweifen, die Wildpferde fingen ihre Aufmerksamkeit ein. „Sie sind immer noch hier," sagte sie leise, fast ehrfürchtig. „Als würden sie sicherstellen, dass nichts mehr passiert."

Marcel nickte. „Vielleicht spüren sie, dass wir sie brauchen. Oder sie wissen, dass sie uns noch nicht ganz loslassen können."

Die beiden blieben einen Moment lang schweigend stehen, lauschten den leisen Geräuschen der Natur – dem Summen der Insekten, dem Rascheln der Blätter im Wind, dem gelegentlichen Schnauben der Pferde. Es war eine Ruhe, die fast surreal wirkte nach allem, was sie durchgemacht hatten.

„Was jetzt?" fragte Marry schließlich, ihre Stimme ruhig, aber entschlossen. „Wir können nicht ewig hierbleiben. Wir müssen einen Weg finden, von der Insel wegzukommen."

Marcel nickte langsam. „Ja. Und das bedeutet, dass wir uns bemerkbar machen müssen. Irgendwie."

Sie setzten sich in den Schatten eines großen Baums, um ihre Kräfte zu sammeln und einen Plan zu schmieden. Marry band ihre verletzte Schulter erneut mit dem improvisierten Verband, während Marcel mit einem Stock eine grobe Karte der Insel in den Sand zeichnete. Sie diskutierten, welche Orte sie noch nicht erkundet hatten, wo sie vielleicht Ressourcen finden könnten – etwas, das ein Signal verstärken oder einen Hinweis auf frühere Bewohner geben könnte.

„Der Bunker," sagte Marry plötzlich und deutete auf einen Punkt, der ihrer Vermutung nach in der Nähe des Kaps lag, wo sie das Wrack des Segelboots gesehen hatten. „Wenn da Strom ist, muss es irgendeine Art von Technik geben. Vielleicht können wir ein Signal senden."

Marcel nickte nachdenklich. „Das Wrack könnten wir auch nutzen. Es war beschädigt, aber wenn wir Teile daraus bergen können... vielleicht können wir eine Art Signalboje bauen."

„Oder ein Feuer," ergänzte Marry. „Eines, das groß genug ist, um von weit weg gesehen zu werden. Wenn wir das am Strand machen, wo Flugzeuge oder Schiffe vorbeikommen, könnten wir eine Chance haben."

Die Idee klang vernünftig, und zum ersten Mal seit Tagen fühlte sich die Aussicht auf Rettung realistisch an. Sie entschieden sich, die nächsten Stunden zu nutzen, um sich zu stärken, bevor sie den Weg zum Wrack und zum Bunker auf sich nahmen.

Die Wildpferde blieben in ihrer Nähe, während sie sich an den Resten von Beeren und Kokosnüssen stärkten, die sie gesammelt hatten. Der schwarze Hengst hielt sich wie immer etwas abseits, seine dunklen Augen beobachteten jede ihrer Bewegungen. Es war, als ob er wusste, dass sie ihn immer noch brauchten.

„Sie lassen uns nicht allein," sagte Marry mit einem leichten Lächeln. „Vielleicht sind sie unser Glücksbringer."

Marcel lächelte zurück. „Vielleicht. Oder sie wissen einfach, dass wir ohne sie nicht weit kommen würden."

Nach ihrer kurzen Rast machten sie sich auf den Weg. Der Plan war einfach: Zum Wrack, um nützliche Teile zu bergen, dann zurück zum Bunker, um nach funktionierenden Geräten zu suchen. Die Sonne stand hoch am Himmel, und die klare Luft machte den Marsch fast angenehm. Zum ersten Mal seit langem fühlte sich die

Insel nicht wie ein Gefängnis an, sondern wie ein Ort, der ihnen zumindest eine Chance gab.

„Vielleicht haben wir mehr Kontrolle über unser Schicksal, als wir dachten," sagte Marcel, während sie durch die Bäume gingen, ihre Schritte von den leisen Hufen der Pferde begleitet.

Doch tief in seinem Inneren wusste er, dass sie noch immer auf einen Funken Glück angewiesen waren – oder auf ein weiteres Wunder.

Der Marsch durch den Wald war ruhiger, als Marcel es erwartet hatte. Die Geräusche der Natur wirkten nicht mehr bedrohlich, sondern beruhigend, wie ein Flüstern, das sie ermutigte, weiterzumachen. Die Wildpferde blieben in ihrer Nähe, immer wachsam, als würden sie darauf achten, dass Marcel und Marry nicht von ihrem Pfad abkamen.

Nach einiger Zeit erreichten sie die Küste, wo die Wellen gegen die steinigen Klippen schlugen. Die Luft roch salzig und frisch, und in der Ferne konnten sie das Wrack des Segelbootes sehen, das zwischen den Felsen eingekeilt lag.

„Da ist es," sagte Marcel und wischte sich den Schweiß von der Stirn. „Wenn wir Glück haben, finden wir dort etwas Brauchbares."

Marry nickte, ihre Augen fixierten das Wrack. „Wir müssen vorsichtig sein," sagte sie, ihre Stimme war ruhig, aber angespannt. „Das Holz sieht alt aus. Vielleicht ist es instabil."

Die beiden kletterten über die rutschigen Felsen und erreichten das Wrack nach einigen Minuten. Es war ein trauriger Anblick – der Rumpf des Bootes war stark beschädigt, der Mast war gebrochen und hing schräg über der Seite. Doch auf den ersten Blick schien es, als ob einige Teile noch intakt waren.

„Schau mal hier," rief Marry, als sie einen Blick in das Innere des Wracks warf. Ein Teil der Ausrüstung war noch da: rostige Werkzeuge, einige lose Kabel und sogar ein alter Funkkasten, der auf den ersten Blick unbenutzbar wirkte, aber vielleicht noch repariert werden konnte.

„Das könnte unser Glück sein," sagte Marcel, während er den Funkkasten vorsichtig herauszog. „Wenn wir ihn an eine Stromquelle anschließen können, könnte er vielleicht noch funktionieren."

Marry sammelte derweil die Kabel und die Werkzeuge ein. „Vielleicht können wir das mit dem Generator im Bunker kombinieren," sagte sie. „Wenn wir es schaffen, ein Signal zu senden, könnten wir jemanden auf uns aufmerksam machen."

Gemeinsam durchsuchten sie den Rest des Wracks und fanden noch einige andere nützliche Dinge: eine Notfallfackel, ein rostiges Messer und ein paar Plastikfolien, die sich als Schutzhülle oder Reflektor eignen könnten. Es war nicht viel, aber es war mehr, als sie zu hoffen gewagt hatten.

„Das sollte reichen," sagte Marcel schließlich, seine Arme voller Beute. „Jetzt müssen wir nur noch zurück zum Bunker und hoffen, dass der Generator noch läuft."

Der Rückweg war mühsam. Die Sonne stand jetzt tief am Himmel, und die langen Schatten der Bäume machten den Wald düsterer. Doch die Pferde begleiteten sie weiterhin, ihre Präsenz war beruhigend und fast tröstlich.

Als sie den Bunker erreichten, war die Luft im Inneren immer noch abgestanden, doch die flackernden Lichter zeigten, dass der Generator zumindest noch Strom lieferte. Marry machte sich sofort daran, die Kabel und den Funkkasten zu verbinden, während Marcel nach etwas suchte, das als Antenne dienen konnte.

„Hast du eine Ahnung, wie das funktioniert?" fragte Marcel, während er ein loses Kabel hochhielt.

Marry zuckte mit den Schultern. „Nicht wirklich. Aber ich weiß, dass ein Signal besser ist als gar kein Signal. Wenn wir es schaffen, irgendetwas zu senden – selbst nur einen Notruf – könnte das unsere Chance sein."

Marcel nickte und schloss die improvisierte Antenne an. Der Funkkasten gab ein leises Knistern von sich, als sie den Strom aktivierten. Marry drehte an den Knöpfen, ihre Hände zitterten leicht. „Bitte, bitte funktioniert," murmelte sie.

Nach einigen Sekunden ertönte ein dumpfes Summen aus dem Lautsprecher. Es war keine klare Frequenz, aber es war ein Lebenszeichen. Marry drückte auf den Sendeknopf und sprach ins Mikrofon. „Hier sind Überlebende eines Flugzeugabsturzes. Wir befinden uns auf einer Insel, vermutlich im Atlantik. Wenn jemand uns hören kann, bitte antworten."

Die Sekunden zogen sich wie Stunden, während sie warteten. Nur das leise Knistern des Funkgeräts durchbrach die Stille. Marcel schloss die Augen, als ob er durch bloße Willenskraft eine Antwort erzwingen könnte.

Doch dann – ein leises, undeutliches Geräusch kam aus dem Lautsprecher. Es war verzerrt, kaum zu verstehen, aber es war da. Eine Stimme.

„Hier... Küstenwache... wiederholen... Überlebende?"

Marry schnappte nach Luft, ihre Hände zitterten, während sie erneut den Sendeknopf drückte. „Ja, wir sind Überlebende eines Flugzeugabsturzes! Bitte, wir brauchen Hilfe!"
Das Signal brach wieder ab, die Verbindung war schwach, doch die Stimme kehrte zurück. „Verstanden... Ort... Position durchgeben..."

Marcel griff nach der Karte, die sie im Sand gezeichnet hatten, und versuchte hektisch, eine ungefähre Position zu berechnen. „Marry, gib ihm die Richtung vom Wrack aus!" rief er.

Sie tat, wie er sagte, und sprach ins Mikrofon, so klar und deutlich wie möglich. Es dauerte einige Momente, doch schließlich kam eine letzte Antwort durch.

„Signal empfangen... Rettung unterwegs... halten Sie sich bereit."

Marry ließ das Mikrofon fallen, ihre Hände zitterten vor Erleichterung. Marcel sank gegen die Wand und schloss die Augen. „Wir haben es geschafft," sagte er, und seine Stimme klang wie ein Seufzer.

Draußen begann die Sonne unterzugehen, und das goldene Licht der Dämmerung tauchte die Insel in eine fast magische Atmosphäre. Die Wildpferde standen weiterhin Wache, ihre dunklen Silhouetten bewegten sich sanft im Abendwind. Sie hatten es geschafft – zumindest der erste Schritt zur Rettung war getan. Doch noch war ihre Reise nicht vorbei.

Die Minuten nach dem Funkspruch zogen sich wie Stunden. Marcel und Marry saßen nebeneinander auf dem kalten Boden des Bunkers, während das Funkgerät still blieb. Es gab keine weitere Antwort, kein Zeichen dafür, dass ihre Botschaft tatsächlich gehört worden war. Doch das Versprechen der Rettung hing in der Luft – schwach, aber real.

„Glaubst du, sie kommen wirklich?" Marry sprach leise, fast als ob sie die Hoffnung nicht zu laut aussprechen wollte, um sie nicht zu zerstören.

Marcel nickte langsam, seine Augen auf den flackernden Lichtern des Funkgeräts. „Sie haben unsere Position empfangen. Wenn sie das geschafft haben, dann kommen sie auch. Wir müssen nur... warten."

Das Wort „warten" fühlte sich schwer an. Nach allem, was sie durchgemacht hatten, klang es fast wie eine Herausforderung. Doch diesmal war es eine, die sie annehmen konnten – ohne Angst, ohne die ständige Bedrohung, die sie bis vor Kurzem begleitet hatte.

„Wir sollten etwas vorbereiten," sagte Marcel schließlich und stand auf. „Falls sie in der Nacht kommen, brauchen sie ein Zeichen, um uns zu sehen."

Marry nickte und rappelte sich ebenfalls auf. „Ein Feuer," sagte sie. „Ein großes, helles Feuer. Am Strand, wo es nicht zu übersehen ist."

Gemeinsam verließen sie den Bunker, die Dunkelheit der Nacht wich allmählich einem tiefblauen Himmel, in dem die ersten Sterne zu leuchten begannen. Die Wildpferde warteten draußen, der schwarze Hengst stand wie immer an der Spitze. Er schien sie fast zu begrüßen, als sie auftauchten, und Marry lächelte schwach. „Sie haben uns nicht verlassen," sagte sie leise.

Marcel legte eine Hand auf ihre Schulter. „Vielleicht wussten sie, dass wir noch Hilfe brauchen."

Sie machten sich auf den Weg zum Strand, begleitet von der Herde. Die Stille war nicht mehr bedrohlich, sondern friedlich, die Insel wirkte wie ein Lebewesen, das sich in den Schlaf wiegte. Der Sand unter ihren Füßen war kühl, und das Rauschen der Wellen klang wie eine beruhigende Melodie.

Am Strand sammelten sie Treibholz, Äste und alles, was brennen konnte. Die Arbeit war anstrengend, doch sie spürten, wie sie ihnen half, die Anspannung der letzten Tage abzuschütteln. Schließlich stapelten sie das Holz zu einem großen Haufen, der bereit war, entzündet zu werden.

„Das sollte ausreichen," sagte Marcel und betrachtete ihr Werk. „Wenn wir das anzünden, wird man es von überall sehen."

Marry nickte, doch ihre Gedanken schienen abzuschweifen. „Was, wenn sie nicht kommen?" Ihre Stimme war kaum mehr als ein Flüstern.

„Dann versuchen wir es weiter," sagte Marcel entschlossen. „Wir haben es bis hierhin geschafft. Wir geben jetzt nicht auf."

Marry sah ihn an, und ein schwaches Lächeln erschien auf ihren Lippen. „Ich weiß nicht, wie du das machst. Diese... Hoffnung."

Marcel zuckte mit den Schultern. „Vielleicht, weil wir keine andere Wahl haben."

Die Nacht brach vollständig herein, und die beiden saßen am Rand des Strandes, den Blick auf das Meer gerichtet. Die Wildpferde grasten in der Nähe, ihre dunklen Silhouetten wirkten wie Wächter, die über sie wachten.

„Wollen wir das Feuer anzünden?" fragte Marry schließlich.

Marcel schüttelte den Kopf. „Noch nicht. Sie sagten, sie sind unterwegs. Wir warten noch etwas. Vielleicht... sehen wir sie zuerst."

Die Minuten vergingen in stiller Erwartung. Der Himmel war klar, und die Sterne leuchteten hell. Doch dann, gerade als Marry die Hoffnung wieder schwinden fühlte, bemerkte Marcel etwas am Horizont.

„Da!" rief er und zeigte aufs Meer. Ein Licht, klein und flackernd, bewegte sich über die Wellen. Es war zu weit entfernt, um sicher zu sein, doch es bewegte sich in ihre Richtung.

„Das ist ein Boot," sagte Marry, ihre Stimme voller Unglauben. „Sie kommen wirklich."

Marcel sprang auf und griff nach einer der Notfallfackeln, die sie aus dem Wrack geborgen hatten. Mit einem kräftigen Ruck entzündete er sie, und die grelle Flamme leuchtete auf, warf ein warmes Licht über den Strand. Er schwenkte die Fackel über seinen Kopf, um das Boot auf sich aufmerksam zu machen.

Die Lichter auf dem Meer wurden größer, deutlicher, und bald konnten sie das Geräusch eines Motors hören, das die Stille der Nacht durchbrach. Marry starrte auf das Boot, ihre Hände zitterten, als die Erleichterung sie überwältigte.

„Wir sind gerettet," sagte sie leise, ihre Stimme brach, und Tränen liefen über ihre Wangen.

Das Boot näherte sich, und die Silhouetten von Menschen wurden sichtbar. Stimmen hallten über das Wasser, und ein Scheinwerfer leuchtete den Strand aus.

„Hier!" rief Marcel, seine Stimme voller Energie. „Hier sind wir!"

Die Küstenwache war da. Nach all den Tagen des Überlebenskampfes, der Angst und der Entbehrungen hatten sie es geschafft. Sie waren endlich gerettet.

Die Wildpferde standen im Schatten, beobachteten still, wie die Retter ans Land kamen. Der schwarze Hengst schnaubte leise, seine dunklen Augen auf Marcel und Marry gerichtet. Es war, als würde er sich verabschieden, auf seine stille, majestätische Art.

„Danke," flüsterte Marcel, als er zurücksah. Die Pferde schienen zu verstehen. Sie wandten sich ab, liefen zurück in die Dunkelheit des Waldes, und ließen nur den Klang ihrer Hufe im Sand zurück.

Die Insel verschwand langsam hinter ihnen, als das Boot sie davontrug. Doch Marcel wusste, dass er sie nie vergessen würde – die Wildnis, die Gefahren und die Wildpferde, die ihnen das Leben gerettet hatten. Es war ein Ort, der sie verändert hatte.

Ein Ort, der für immer ein Teil von ihnen bleiben würde.

Die Überfahrt auf dem Rettungsboot war still, nur unterbrochen vom rhythmischen Brummen des Motors und gelegentlichen Funksprüchen der Küstenwache. Marcel und Marry saßen nebeneinander, in Decken gehüllt, die die Retter ihnen gereicht hatten. Die Wärme fühlte sich fremd an, fast zu viel nach den Tagen in der rauen Wildnis.

Marry lehnte den Kopf gegen Marcels Schulter, ihre Augen halb geschlossen, während sie auf die Wellen starrte. „Es fühlt sich an wie ein Traum," sagte sie leise. „Als ob wir in jedem Moment aufwachen und wieder dort wären."

Marcel legte einen Arm um sie, eine Geste des Trostes, die mehr für ihn selbst war als für sie. „Aber wir sind nicht mehr dort," sagte er. „Wir haben es geschafft."

Der Scheinwerfer des Boots schnitt durch die Dunkelheit und offenbarte die endlose Weite des Ozeans. In der Ferne tauchten die Lichter eines größeren Schiffes auf – ihr Ziel. Es war ein Patrouillenschiff der Küstenwache, das sie zurück in die Zivilisation bringen würde.

„Was denkst du, wie lange wir weg waren?" fragte Marry, ihre Stimme klang müde, aber neugierig.

Marcel zuckte mit den Schultern. „Keine Ahnung. Es fühlt sich an wie Wochen, aber vielleicht waren es nur Tage."

Marry schwieg einen Moment, bevor sie murmelte: „Es wird seltsam sein, zurückzukehren. Alles wird so... normal sein. Als wäre nichts passiert."

Marcel nickte, obwohl er nicht sicher war, ob er das glaubte. Er wusste, dass nichts mehr normal sein würde – nicht für ihn, nicht für Marry. Die Insel hatte sie verändert, hatte ihnen etwas genommen, aber auch etwas gegeben, das sie kaum in Worte fassen konnten.

Das Boot legte schließlich am Patrouillenschiff an, und sie wurden an Bord gebracht. Männer und Frauen in Uniform halfen ihnen, reichten ihnen warmen Tee und begannen, ihnen Fragen zu stellen.

Woher kamen sie? Wie lange waren sie gestrandet? Waren sie verletzt?

Marry sprach, ihre Stimme war ruhig, aber distanziert, als sie die Ereignisse schilderte. Marcel ließ sie reden, fügte nur dann etwas hinzu, wenn es nötig war. Er fühlte sich leer, als ob die Realität der Rettung noch nicht vollständig in ihm angekommen war.

Ein Offizier kam auf sie zu, ein Tablet in der Hand. „Wir haben ihre Botschaft empfangen und nach einem vermissten Flugzeug gesucht," sagte er. „Es scheint, dass Ihr Flugzeug offiziell als verloren gemeldet wurde. Die Suche wurde eingestellt – bis wir Ihr Signal erhielten."

Marry nickte langsam. „Es gab keine anderen Überlebenden. Zumindest... haben wir niemanden gefunden."

Der Offizier machte sich Notizen, dann sah er sie ernst an. „Sie hatten großes Glück, gefunden zu werden. Die Gegend, in der Sie gestrandet waren, ist kaum befahren. Ihr Signal war schwach, aber es war genug."

„Es war die einzige Hoffnung, die wir hatten," sagte Marcel leise. „Und es hat gereicht."

Die nächsten Stunden vergingen in einem Nebel aus Fragen, medizinischen Untersuchungen und der Vorbereitung auf ihre Rückkehr. Schließlich wurden sie in eine Kabine gebracht, wo sie sich ausruhen konnten, während das Schiff seinen Kurs zurück zum Festland setzte.

Marry lag in einer Koje, ihre Augen geschlossen, doch Marcel konnte sehen, dass sie nicht schlief. Er saß auf der gegenüberliegenden Koje, seine Gedanken wanderten zurück zur Insel, zu den Pferden, zu dem Kampf, den sie gekämpft hatten.

„Denkst du, jemand wird uns glauben?" fragte Marry plötzlich, ihre Stimme kaum mehr als ein Flüstern.

Marcel sah sie an. „Vielleicht. Vielleicht nicht. Aber es spielt keine Rolle. Wir wissen, was passiert ist. Und das reicht."

Sie nickte und schloss wieder die Augen. Marcel lehnte sich zurück und lauschte dem Brummen des Motors, das durch das Schiff vibrierte. Für einen Moment fühlte er sich sicher, wirklich sicher – etwas, das er seit dem Absturz nicht mehr gefühlt hatte.

Doch tief in seinem Inneren wusste er, dass die Erinnerungen an die Insel ihn immer begleiten würden. Die roten Augen der Kreatur, das Donnern der Hufe, der Blick des schwarzen Hengstes – sie waren in sein Gedächtnis gebrannt.

Und als er schließlich die Augen schloss, um ein wenig Schlaf zu finden, fragte er sich, ob die Insel ihn je wirklich loslassen würde.

Als Marcel erwachte, war die Sonne bereits über den Horizont gestiegen und tauchte die Kabine in ein warmes, goldenes Licht. Das sanfte Schaukeln des Patrouillenschiffs wirkte fast beruhigend, ein willkommener Kontrast zu den Strapazen der vergangenen Tage. Er blinzelte, versuchte, die Orientierung zu finden, und bemerkte, dass Marry noch schlief, ihr Gesicht entspannt, aber immer noch von Müdigkeit gezeichnet.

Das Klopfen an der Tür ließ ihn aufhorchen. Ein junger Offizier trat ein, seine Haltung freundlich, aber förmlich. „Herr... Marcel, Frau Marry," begann er, seine Stimme leise, um Marry nicht zu wecken.

„Wir nähern uns dem Festland. In etwa einer Stunde erreichen wir den Hafen."

„Danke," sagte Marcel und setzte sich auf. Die Worte fühlten sich unwirklich an. Festland. Normalität. Es war, als würde eine Grenze überschritten, zurück in eine Welt, die ihm inzwischen fremd vorkam.

Der Offizier nickte, zögerte jedoch einen Moment. „Eins noch," fügte er hinzu. „Die Behörden werden am Hafen warten. Sie möchten mit Ihnen sprechen, die Umstände untersuchen. Sie wissen... wegen des Absturzes."

Marcel seufzte und nickte. „Natürlich. Wir sind bereit."

Der Offizier verließ die Kabine, und Marcel wandte sich an Marry. „Marry," sagte er leise, berührte sanft ihre Schulter. „Wir sind fast da."

Sie öffnete langsam die Augen, brauchte einen Moment, um die Worte zu verstehen. „Das Festland," murmelte sie und setzte sich auf. „Ich hätte nie gedacht, dass ich das jemals wieder sehe."

Gemeinsam machten sie sich fertig, zogen frische Kleidung an, die ihnen von der Crew gegeben worden war, und verließen die Kabine. Das Deck war erfüllt von geschäftigem Treiben, doch Marcel und Marry fühlten sich seltsam losgelöst von all dem, als ob sie Zuschauer in einer Welt waren, die nicht mehr ganz die ihre war.

Am Horizont wurde die Silhouette einer Stadt sichtbar, die sich vor dem leuchtenden Blau des Ozeans abzeichnete. Der Hafen kam näher, und die vertrauten Geräusche von Zivilisation – Motoren, das Kreischen von Möwen, das Murmeln der Menschen – drangen in ihre Ohren.

Als das Schiff anlegte, wartete eine Gruppe von Menschen auf dem Dock: Polizisten, ein paar Männer in Anzügen, vermutlich Regierungsbeamte, und ein kleiner Kreis von Journalisten, deren Kameras bereits auf sie gerichtet waren.

„Das wird... interessant," murmelte Marry, während sie die Gangway hinuntergingen. Sie hielt Marcels Hand, als ob sie sich an ihm festhalten wollte, während die Realität sie einholte.

Ein Mann in einem schlichten Anzug trat vor, ein Klemmbrett in der Hand. „Herr Marcel, Frau Marry," begann er. „Ich bin Agent Carter vom Verkehrsministerium. Wir sind hier, um Ihnen zu helfen und die Ereignisse des Absturzes aufzuarbeiten."

Marcel nickte, während er Marrys Hand fester drückte. „Natürlich. Was immer Sie brauchen."

Die nächsten Stunden verbrachten sie in einem sterilen Büro am Hafen, wo sie ihre Erlebnisse schildern mussten. Agent Carter und sein Team hörten aufmerksam zu, notierten jedes Detail, doch Marcel konnte die Skepsis in ihren Blicken sehen, als sie von der Insel, den Wildpferden und der Kreatur erzählten.

„Und Sie sagen, diese... Tiere haben Ihnen geholfen?" fragte einer der Beamten, sein Tonfall neutral, aber fragend.

„Ja," antwortete Marry mit fester Stimme. „Ohne sie wären wir nicht hier."

Agent Carter lehnte sich zurück und sah die beiden an. „Es ist eine bemerkenswerte Geschichte," sagte er. „Wir werden alles prüfen. In der Zwischenzeit wird man Sie in ein nahegelegenes Krankenhaus bringen, um sicherzustellen, dass Sie medizinisch versorgt werden."

Die Gespräche endeten schließlich, und Marcel und Marry wurden von einem Krankenwagen abgeholt. Die Fahrt zum Krankenhaus war ruhig, doch in Marcels Kopf tobten die Gedanken. Würde ihnen jemand glauben? Würden die Ereignisse auf der Insel je mehr sein als eine persönliche Erinnerung?

Im Krankenhaus angekommen, wurden sie gründlich untersucht. Die Ärzte waren professionell, aber freundlich, und erklärten, dass ihre Verletzungen größtenteils oberflächlich waren. Marrys Schulter würde vollständig heilen, und Marcel hatte nichts weiter als einige Kratzer und Erschöpfung.

Nach der Untersuchung saßen sie in einem kleinen Aufenthaltsraum, wo man ihnen etwas zu essen und zu trinken brachte. Marry biss gedankenverloren in ein Sandwich, während Marcel aus dem Fenster starrte, das die Stadt überblickte.

„Wir sind zurück," sagte sie schließlich, ihre Stimme leise.

„Ja," antwortete Marcel, ohne den Blick von den Straßen zu lösen. „Aber ich frage mich, ob wir jemals wirklich weg sein werden."

Marry sah ihn an, und für einen Moment lag eine unausgesprochene Einigkeit zwischen ihnen. Die Insel, die Pferde, die Kreatur – all das war vorbei, aber es hatte sie verändert. Und sie beide wussten, dass sie diese Veränderungen mit in die Welt hinausnehmen würden.

KAPITEL 11
EIN ZEICHEN DER HOFFNUNG

Timo saß in seinem kleinen Apartment in Pittsfield, die Nachmittagsluft war still und schwer. Das Licht der untergehenden Sonne fiel durch die halb geöffneten Jalousien und tauchte den Raum in ein goldenes Glühen. Vor ihm auf dem Tisch stand ein halb leerer Becher Kaffee, längst kalt geworden. Sein Blick war auf das Display seines Laptops gerichtet, doch die Zeilen des Berichts, an dem er arbeitete, verschwammen vor seinen Augen.

Er hatte nicht erwartet, diesen Tag in Routine zu verlieren, aber so war es. Bis das Telefon klingelte.

Das schrille Geräusch durchbrach die Stille so plötzlich, dass er zusammenzuckte. Timo griff nach seinem Handy, das auf dem Tisch vibrierte, und runzelte die Stirn, als er die unbekannte Nummer sah. Zögerlich nahm er den Anruf entgegen.

„Ja, hallo?" sagte er, seine Stimme war unsicher.

„Spreche ich mit Timo Wagner?" fragte eine ernste Männerstimme am anderen Ende.

„Ja, das bin ich. Wer ist da?"

„Hier ist Agent Carter vom Verkehrsministerium. Ich rufe im Zusammenhang mit Marcel Schulz an."

Timo erstarrte. Marcel. Das war ein Name, den er seit Wochen nicht mehr gehört hatte, ein Name, der mit Schuld und Sorge verbunden war. Seine Kehle schnürte sich zu. „Marcel? Was ist mit ihm?"

Die Stimme des Agenten war ruhig, fast mechanisch, als ob er solche Anrufe regelmäßig führte. „Wir wollten Sie darüber informieren, dass Herr Schulz lebend gefunden wurde. Er war einer der Überlebenden eines Flugzeugabsturzes. Derzeit befindet er sich in New York und wird dort medizinisch betreut."

Timos Herz setzte einen Moment aus. Marcel lebte. Nach all den Tagen der Ungewissheit, des Bangens und Hoffens. Seine Hand begann zu zittern, und er musste das Handy fester halten. „Er... er lebt?" flüsterte er. „Sind Sie sicher?"

„Ja, Herr Wagner," bestätigte der Agent. „Er hat Ihren Namen als eine Kontaktperson angegeben. Wir dachten, Sie möchten das wissen."

Timo musste sich setzen, das Gewicht dieser Nachricht ließ seine Beine schwach werden. Er schloss die Augen, während sich eine Welle aus Erleichterung und Fragen in ihm aufbaute. „Wie geht es ihm? Was ist passiert?"

„Er ist wohlauf, zumindest körperlich," antwortete Carter. „Er wurde mit einer anderen Überlebenden gefunden. Die Details sind noch nicht vollständig geklärt, aber Sie können ihn besuchen, wenn Sie möchten. Er ist im Memorial Hospital in New York."

„Ja, natürlich," sagte Timo sofort. „Ich werde kommen. Danke... danke, dass Sie mich informiert haben."

„Kein Problem," sagte Carter höflich. „Falls Sie Fragen haben, können Sie mich unter dieser Nummer erreichen."

Timo legte auf und starrte für einen Moment auf sein Handy, als könne er die Schwere der Nachricht immer noch nicht ganz begreifen. Marcel lebte. Das war das Einzige, was in seinem Kopf wieder und wieder hallte.

Ohne zu zögern sprang er auf. Er zog seinen Rucksack aus dem Schrank, warf ein paar Kleidungsstücke hinein und griff nach seinem Autoschlüssel. New York war einige Stunden entfernt, aber das war ihm egal. Er würde die ganze Nacht durchfahren, wenn es sein musste.

Während er die Tür hinter sich zuschlug und die Treppe hinunterstürmte, fühlte er, wie sich die Schuld, die ihn all die Wochen begleitet hatte, langsam in etwas anderes verwandelte – Hoffnung. Die Möglichkeit, Antworten zu bekommen, und vielleicht, nur vielleicht, auch Vergebung.

„Ich komme, Marcel," murmelte er, während er in sein Auto stieg und den Motor startete. Die Straßen von Pittsfield verschwanden hinter ihm, als er in Richtung New York aufbrach, getrieben von der einen Wahrheit, die er gerade erst erfahren hatte: Marcel war zurück.

Timo fuhr durch die Dunkelheit, das Radio leise im Hintergrund, aber seine Gedanken waren lauter als jede Melodie. Die Nachricht, dass Marcel lebte, war wie ein Schlag ins Gesicht – ein guter Schlag, aber einer, der ihn immer noch aus dem Gleichgewicht brachte. Sein Herz raste, und die Fragen in seinem Kopf schienen kein Ende zu nehmen.

„Wie hat er das überlebt?" murmelte er zu sich selbst, während er den Blick auf die schmale Straße richtete, die vom Licht seiner Scheinwerfer erleuchtet wurde. „Und warum hat niemand etwas gesagt? Warum erst jetzt?"

Die Stunden vergingen, und die vertrauten Umrisse von Pittsfield wichen den endlosen Highways und dem Leuchten der fernen Stadt. Timo fühlte sich erschöpft, aber die Adrenalinschübe hielten ihn wach. Immer wieder sah er Marcels Gesicht vor sich, stellte sich vor, wie er ihn wiedersah, wie sie redeten, vielleicht sogar lachten – doch jeder Gedanke wurde von einer nagenden Ungewissheit begleitet.

Als die ersten Gebäude von New York am Horizont auftauchten, fühlte sich Timo plötzlich klein. Die riesige Stadt wirkte einschüchternd, vor allem in Anbetracht dessen, was vor ihm lag. Aber er biss die Zähne zusammen, folgte den Anweisungen seines Navigationssystems und steuerte schließlich auf das Memorial Hospital zu.

Vor dem Krankenhaus hielt Timo an und parkte seinen Wagen in einer engen Seitengasse. Er stieg aus, und die kühle Nachtluft ließ ihn einen Moment innehalten. Sein Herz schlug schneller, als er auf das große, beleuchtete Gebäude zuging. Die Drehtüren drehten sich unaufhörlich, Menschen gingen ein und aus, doch Timo fühlte sich wie in einem anderen Tempo. Die Realität schien sich langsamer zu bewegen, je näher er kam.

Im Empfangsbereich herrschte geschäftiges Treiben. Eine Frau in einer blauen Uniform sah von ihrem Bildschirm auf, als er an den Tresen trat. „Kann ich Ihnen helfen?"

„Ja," sagte Timo, seine Stimme war ein wenig heiser vor Nervosität. „Ich suche Marcel Schulz. Er... er wurde heute hier eingeliefert. Ich bin ein Freund."

Die Frau tippte kurz auf ihrer Tastatur, bevor sie nickte. „Herr Schulz ist auf Station 4, Zimmer 412. Nehmen Sie den Aufzug dort drüben."

Timo murmelte ein dankbares „Danke" und ging in Richtung der Aufzüge. Sein Atem war flach, seine Hände schwitzten, als er den Knopf für den vierten Stock drückte. Der Aufzug bewegte sich langsam, oder zumindest fühlte es sich so an, während sein Herz in seiner Brust hämmerte.

Die Türen öffneten sich mit einem leisen Klingeln, und Timo trat auf den hell erleuchteten Flur hinaus. Der Geruch von Desinfektionsmitteln hing in der Luft, und die gedämpften Geräusche von Stimmen und Maschinen drangen durch die Wände.

Er fand Zimmer 412 am Ende des Flurs. Seine Hand zögerte einen Moment, bevor er klopfte.

„Ja?" Eine vertraute Stimme kam von der anderen Seite.

Timo öffnete die Tür und trat ein. Marcel saß aufrecht in seinem Krankenhausbett, eine Decke über seinen Beinen, und drehte den Kopf, als Timo eintrat. Für einen Moment herrschte Stille, ihre Blicke trafen sich, und die Zeit schien stillzustehen.

„Timo," sagte Marcel schließlich, seine Stimme war leise, aber fest. „Du bist hier."

Timo nickte, seine Kehle war wie zugeschnürt. „Natürlich bin ich hier," sagte er schließlich, seine Stimme bebte ein wenig. „Ich... ich habe sofort alles stehen und liegen lassen."

Marcel lächelte schwach, doch in seinen Augen lag etwas, das Timo nicht deuten konnte. „Es ist gut, dich zu sehen," sagte Marcel. „Ich... habe nicht gewusst, ob ich es jemals wieder tue."

Timo trat näher, zog sich einen Stuhl heran und setzte sich. „Was ist passiert, Marcel?" fragte er leise. „Alle dachten... du wärst tot. Ich dachte..." Er brach ab, schluckte schwer.

Marcel sah ihn an, seine Augen wirkten müde, aber auch dankbar. „Es ist eine lange Geschichte," sagte er. „Eine, die ich nicht mal selbst ganz verstehe. Aber ich bin hier. Und ich bin froh, dass du es auch bist."

Die beiden saßen da, während die Geräusche des Krankenhauses leise um sie herum summten. Es gab so viel zu sagen, so viele Fragen, aber für diesen Moment reichte es, einfach zu wissen, dass sie wieder zusammen waren – und dass sie beide lebten.

Timo saß da, unfähig, seine Augen von Marcel abzuwenden. Die Realität des Moments fühlte sich noch immer unwirklich an, als ob er sich jeden Augenblick in einem Traum auflösen könnte. Doch Marcel war da, lebendig, wenn auch gezeichnet von den Ereignissen, die er erlebt hatte.

„Ich... ich weiß nicht, wo ich anfangen soll," begann Timo, seine Hände fest ineinander verschränkt. „Die Nachricht, dass du weg warst – das war ein Schlag. Ich... ich habe mir die Schuld gegeben, Marcel."

Marcel hob leicht die Hand, um ihn zu stoppen. „Timo, es war nicht deine Schuld," sagte er ruhig, doch seine Stimme zitterte leicht. „Das Flugzeug ist abgestürzt. Es hätte jeden von uns treffen können."

Timo schüttelte den Kopf. „Aber ich hätte mehr tun können. Ich hätte nach dir suchen sollen. Stattdessen habe ich einfach zugesehen, wie die Suche eingestellt wurde. Ich habe..." Seine Stimme brach, und er sah zur Seite, um die aufsteigenden Tränen zu verbergen.

Marcel lehnte sich vor, seine Hand legte sich beruhigend auf Timos Arm. „Du konntest nichts tun," sagte er. „Niemand hätte mich dort finden können. Nicht ohne das, was..." Er hielt inne, als ob die Erinnerungen ihn überwältigten. „Nicht ohne die Wildpferde."

Timo runzelte die Stirn, seine Augen suchten Marcels. „Wildpferde?" fragte er leise. „Was meinst du?"

Marcel lächelte schwach, ein bitteres, nachdenkliches Lächeln. „Ich weiß, wie das klingt. Aber sie waren da. Sie haben uns geholfen, mir und Marry. Ohne sie hätten wir keine Chance gehabt. Sie waren... mehr als nur Tiere. Ich kann es nicht erklären."

Timo wollte etwas sagen, doch die Ernsthaftigkeit in Marcels Stimme hielt ihn zurück. Stattdessen nickte er langsam. „Ich glaube dir," sagte er leise. „Ich weiß nicht, ob ich es verstehe, aber ich glaube dir."

Marcel lehnte sich zurück, sein Blick wanderte zur Decke. „Die Insel... sie war wunderschön, aber auch grausam. Sie hat uns geprüft, Timo. Es gab Momente, da dachte ich, wir würden es nicht schaffen. Aber irgendwie haben wir überlebt."

Timo sah Marcel an, wie er sprach, seine Stimme schwer von den Erinnerungen. Er wollte mehr wissen, alles wissen, doch er spürte, dass Marcel noch nicht bereit war, alles zu erzählen. Stattdessen sagte er: „Ich bin froh, dass du hier bist, Marcel. Dass du zurück bist."

Marcel nickte, sein Blick wurde weich. „Ich auch. Und ich bin froh, dass du gekommen bist. Es bedeutet mir viel."

Die beiden Männer saßen schweigend da, das Gewicht der unausgesprochenen Worte hing zwischen ihnen. Doch es war keine unangenehme Stille – eher eine, die von Verständnis und Erleichterung erfüllt war. Nach einer Weile erhob sich Timo.

„Ich bleibe in der Stadt," sagte er. „So lange, wie du mich brauchst. Und wenn du bereit bist, über alles zu reden, bin ich da."

Marcel lächelte schwach. „Danke, Timo. Ich weiß das zu schätzen."

Timo klopfte ihm leicht auf die Schulter, bevor er zur Tür ging. „Ruh dich aus," sagte er. „Wir haben alle Zeit der Welt."

Marcel sah ihm nach, als er den Raum verließ. Seine Gedanken wanderten zurück zur Insel, zu den Nächten voller Angst und Hoffnung, zu den Augenblicken, die ihn zu dem gemacht hatten, was er jetzt war. Er wusste, dass er sich der Vergangenheit stellen musste, doch für den Moment war er einfach nur dankbar, dass er zurück war – und dass er nicht allein war.

Marcel saß noch eine Weile in seinem Zimmer, starrte auf die weißen Wände und lauschte den gedämpften Geräuschen des Krankenhauses. Doch die Gedanken an Marry ließen ihn nicht los. Sie hatten so viel zusammen durchgemacht, und er wusste, dass sie mehr als nur ein paar Worte verdiente.

Er schwang die Beine aus dem Bett, griff nach dem grauen Krankenhaus-Bademantel, der über einem Stuhl hing, und zog ihn über. Seine Beine fühlten sich noch ein wenig schwach an, aber er ignorierte das. Marry war nur ein paar Türen entfernt, hatte er gehört. Es war Zeit, sie zu sehen.

Im Flur herrschte eine ruhige Betriebsamkeit. Krankenschwestern schoben Wagen mit Medikamenten, und ein paar Patienten schlenderten in Bademänteln wie seiner herum. Marcel hielt vor Zimmertür 415 und klopfte vorsichtig.

„Ja?" Marrys Stimme klang müde, aber wachsam.

Marcel öffnete die Tür langsam und steckte den Kopf hinein. „Hey,"
sagte er mit einem leichten Lächeln. „Ich hoffe, ich störe nicht."

Marry lag in ihrem Bett, ein Kissen im Rücken gestützt, und sah ihn
überrascht an. Doch als sie erkannte, wer es war, entspannte sie
sich und lächelte schwach. „Marcel. Nein, du störst nicht. Komm
rein."

Er trat ein und zog einen Stuhl ans Bett heran. „Ich wollte sehen,
wie es dir geht. Du siehst... besser aus als noch vor ein paar Tagen."

Marry lachte leise, doch ihr Gesicht verzog sich vor Schmerz, und
sie griff instinktiv nach ihrer Schulter. „Besser ist relativ," sagte sie.
„Aber ich schätze, ich werde überleben."

Marcel blickte auf die dicke Bandage, die ihre rechte Schulter
bedeckte. „Und deine Schulter? Was sagen die Ärzte?"

„Eine ziemlich komplizierte Fraktur," erklärte sie, ihre Stimme war
ruhig, aber ein wenig erschöpft. „Sie sagen, ich werde noch eine
Weile eine Schiene tragen müssen, und es wird ein paar Monate
dauern, bis sie vollständig verheilt ist. Aber sie sind zuversichtlich,
dass ich keine dauerhaften Schäden davontrage."

Marcel nickte, sichtlich erleichtert. „Das ist gut. Das ist wirklich gut.
Ich habe mir Sorgen gemacht, weißt du? Auf der Insel... ich hatte
Angst, dass es schlimmer sein könnte."

Marry sah ihn an, ihre Augen waren weich, aber ernst. „Ich weiß.
Du hast alles getan, um sicherzustellen, dass ich durchkomme. Das
vergesse ich dir nie, Marcel."

Er lächelte und schaute kurz auf den Boden, unsicher, wie er auf ihre Worte reagieren sollte. „Wir haben uns gegenseitig geholfen. Ohne dich hätte ich es nicht geschafft. Du hast mich mehrmals gerettet, Marry."

Sie lachte leise, diesmal ohne Schmerzen. „Wir haben uns beide gerettet. Aber jetzt... jetzt sind wir hier. Und das fühlt sich irgendwie seltsam an, oder?"

„Seltsam ist eine Untertreibung," stimmte Marcel zu. „Es ist, als ob alles zu schnell geht. Erst die Insel, jetzt das Krankenhaus. Und trotzdem fühlt es sich an, als würde etwas fehlen."

Marry nickte langsam. „Die Pferde," sagte sie leise. „Ich kann sie nicht vergessen. Ich denke ständig daran, wie sie uns geholfen haben. Ohne sie..."

„...hätten wir keine Chance gehabt," vollendete Marcel ihren Satz. Er starrte für einen Moment ins Leere, dann richtete er seinen Blick wieder auf sie. „Weißt du, ich habe das Gefühl, dass sie irgendwie... wussten, was sie tun. Dass sie uns genau das gegeben haben, was wir gebraucht haben."

Marry schwieg, ihre Augen wanderten zur Decke. „Vielleicht ist das etwas, was wir nie ganz verstehen werden," sagte sie schließlich. „Aber ich bin dankbar. Und ich bin froh, dass wir das zusammen durchgestanden haben."

Marcel lehnte sich zurück, ließ die Worte auf sich wirken. „Das bin ich auch," sagte er leise. „Ich wollte nur sicherstellen, dass es dir gut geht. Und ich wollte dir danken... für alles."

Marry lächelte. „Das sollte ich dir sagen. Aber danke, Marcel. Es bedeutet mir viel, dass du hier bist."

Sie schwiegen für einen Moment, doch es war eine angenehme Stille. Schließlich stand Marcel auf und richtete sich die Schärpe seines Bademantels. „Ich lasse dich ausruhen. Aber wenn du irgendwas brauchst, sag Bescheid, okay? Ich bin gleich da."

Marry nickte. „Danke, Marcel. Ruh dich auch aus. Wir beide brauchen das."

Er lächelte ein letztes Mal, bevor er sich zur Tür wandte. Doch bevor er hinausging, drehte er sich noch einmal um. „Wir haben es geschafft, Marry," sagte er. „Gib das nie aus den Augen."

Sie lächelte und nickte, ihre Augen strahlten Wärme aus. „Das tue ich nicht, Marcel. Das tue ich nicht."

KAPITEL 12
RÜCKKEHR IN DIE FREIHEIT

Marcel stand vor der breiten Eingangstür des Krankenhauses, die sich mit einem leisen Surren vor ihm öffnete. Die kalte Dezemberluft wehte ihm ins Gesicht, und er zog die Schultern fröstelnd hoch. Timo stand neben ihm, die Hände tief in die Taschen seiner Jacke vergraben, und blickte ihn mit einem sanften Lächeln an.

"Endlich raus, was?", fragte Timo, während sie gemeinsam in Richtung des Parkplatzes gingen. Marcels Schritte waren noch immer langsam und vorsichtig, aber die Freiheit, endlich die sterile Umgebung der Krankenhausflure hinter sich zu lassen, fühlte sich überwältigend an.

"Ja, endlich raus", murmelte Marcel. Doch ein Teil von ihm fühlte sich unvollständig, als ob er etwas zurückgelassen hätte. Er dachte an Marry, die immer noch im vierten Stock lag, fest ans Bett gefesselt, während die Ärzte sie behandelten. Ihre Schulterverletzung war komplizierter, als sie gehofft hatten, und sie musste länger bleiben, um sicherzustellen, dass sie keine dauerhaften Schäden davontragen würde.

"Wie geht's Marry?" Timo sah Marcel kurz von der Seite an, während er die Frage stellte.

Marcel seufzte, seine Augen blickten in die Ferne, als sie das Auto erreichten. "Sie wird noch eine Weile bleiben müssen. Die Ärzte sagen, dass sie sich erholen wird, aber es wird dauern." Er legte seine Hand auf die kalte Metalloberfläche des Autos und fühlte das Gewicht der Sorgen in seinem Herzen.

Timo nickte, öffnete die Beifahrertür für Marcel und sah ihn mit einem Ausdruck der Ermutigung an. "Wir werden sie besuchen, sobald sie es zulässt. Aber jetzt müssen wir dich erstmal auf die Beine bringen."

Marcel setzte sich ins Auto und schnallte sich an, während Timo auf der Fahrerseite einstieg und den Motor startete. Der Gedanke an Marry ließ ihn nicht los, aber der Gedanke, in Timos Wohnung in Pittsfield etwas Ruhe zu finden, war ein kleiner Trost. Die Straßen verschwammen vor ihm, und Marcel lehnte sich in den Sitz zurück, bereit für den nächsten Schritt, auch wenn er nicht wusste, was er wirklich erwartete.

ie Fahrt nach Pittsfield verlief in einer Art träger Stille, die nur gelegentlich von Timos Versuchen unterbrochen wurde, das Radio so einzustellen, dass etwas anderes als Rauschen lief. Marcel starrte aus dem Fenster, beobachtete die vorbeiziehenden Bäume, deren kahle Äste sich gegen den grauen Himmel abzeichneten. Er spürte, wie sich eine gewisse Schwere in ihm niederließ – eine Mischung aus Erschöpfung und der nagenden Ungewissheit, was als Nächstes kommen sollte. Alles fühlte sich merkwürdig an, als wäre das echte Leben, das er einst kannte, noch weit entfernt.

Als sie schließlich vor Timos kleinem Apartmentgebäude hielten, trat Marcel vorsichtig aus dem Auto, seine Beine noch immer etwas zittrig. Timo schloss das Auto ab und öffnete die Haustür mit einem leisen Klicken. "Willkommen zurück in der Realität, mein Freund", sagte er mit einem schiefen Grinsen, das fast tröstlich wirkte. Sie gingen die Stufen hinauf, und Marcel folgte ihm langsam, Schritt für Schritt.

Drinnen war es angenehm warm, und die vertraute Unordnung von Timos Wohnung empfing Marcel wie ein alter Freund. Überall standen Bücher und Notizen herum, leere Kaffeebecher auf dem Tisch, und eine Jacke hing achtlos über dem Sofa. Timo deutete auf die Couch. "Setz dich, ich mache uns erstmal was Warmes zu trinken. Was hältst du von Tee?"

Marcel ließ sich auf das weiche Sofa sinken und nickte müde. "Tee klingt gut."

Timo verschwand in der kleinen Küche und klapperte mit Tassen und Wasserkocher. Währenddessen ließ Marcel seinen Blick durch den Raum schweifen. Die vertrauten Dinge gaben ihm ein Gefühl von Normalität, das ihm im Krankenhaus fehlte – die Poster an den Wänden, die alte Decke, die über die Armlehne des Sessels gehängt war, sogar der Duft von Timos Parfum, der leicht in der Luft lag.

Nach einigen Minuten kam Timo mit zwei dampfenden Tassen zurück und reichte Marcel eine. "Hier, der wird dich aufwärmen", sagte er und setzte sich auf den Sessel gegenüber.

Marcel schloss die Hände um die warme Tasse und nahm einen kleinen Schluck. Der bittere Geschmack des Kräutertees war irgendwie beruhigend. Für einen Moment schwiegen beide, und die Stille fühlte sich diesmal nicht schwer an, sondern wie eine Art Pause, ein Moment des Sammelns.

Timo stellte seine Tasse auf den Couchtisch und sah auf die Uhr. "Ich muss bald los", sagte er zögerlich. "Der Bericht, an dem ich arbeite, muss heute Abend noch raus, sonst hängt mir der Chef am Hals."

Marcel nickte verstehend. "Mach dir keine Sorgen, Timo. Ich komme schon klar." Er versuchte, ein aufmunterndes Lächeln zu zeigen, auch wenn er sich selbst nicht sicher war, ob es überzeugend wirkte.

Timo stand auf und legte Marcel eine Hand auf die Schulter. "Ich werde nicht lange weg sein. Ruh dich aus, schlaf ein bisschen. Wir reden später."

Marcel beobachtete, wie Timo sich seine Jacke schnappte und zur Tür ging. "Danke, Timo... für alles", sagte er leise.

Timo hielt inne, drehte sich um und lächelte. "Jederzeit, mein Freund. Du bist nicht allein, vergiss das nicht." Dann schloss er die Tür hinter sich, und die Wohnung wurde still.

Marcel lehnte sich zurück, die Tasse Tee fest in seinen Händen, und schloss die Augen für einen Moment. Die Wärme des Tees breitete sich in seinem Inneren aus, doch die Stille fühlte sich auf einmal wieder etwas einsam an. Der Gedanke an Marry ließ ihn nicht los, und er fragte sich, ob sie jetzt wohl auch eine Tasse Tee in den Händen hielt und ebenfalls in die Leere starrte, so wie er es tat.

Marcel ließ sich tiefer in die Kissen des Sofas sinken, seine Augen auf die dampfende Teetasse in seinen Händen gerichtet. Das sanfte Schimmern des Tees spiegelte das matte Licht des winterlichen Nachmittags wider, und langsam drifteten seine Gedanken weg – zurück zu den Erinnerungen an die Insel, an Marry, und plötzlich an Vanessa. Vanessa und ihr verdammtes Buch.

Er konnte nicht verhindern, dass ein bitteres Lächeln seine Lippen umspielte. „Marcel allein in New York" – der Titel war damals ein Scherz gewesen, ein halb witziger, halb ernster Kommentar auf seinen ersten großen Trip, auf den er sich so nervös vorbereitet hatte. Vanessa hatte ihm das Buch am Abend vor seiner Abreise gegeben, mit einem geheimnisvollen Lächeln und einem Zwinkern, als wäre sie sich selbst nicht ganz sicher gewesen, was sie damit bezwecken wollte.

"Vielleicht wird es dir ein wenig Mut machen," hatte sie gesagt. Ihre Augen waren dabei ernst gewesen, aber auch voller Spott, den nur gute Freunde wirklich anbringen konnten. Marcel erinnerte sich, wie er das Buch auf dem Flugzeug in der Hand gehalten hatte – wie es ihn auf eine unerklärliche Weise verunsichert hatte. Die Zeichnung auf dem Cover, die ihm selbst so unheimlich ähnlich sah, und der Titel darunter: „Am Rand des Abgrunds". Damals hatte er gedacht, es sei alles nur Zufall, eine verrückte, aber harmlose Geschichte, die Vanessa sich ausgedacht hatte.

Doch jetzt, mit allem, was passiert war, fühlte es sich an, als hätte Vanessa etwas vorausgesehen, das er niemals für möglich gehalten hatte. Jeder einzelne Moment auf der Insel, die Turbulenzen im Flugzeug, die Begegnung mit Marry – es war alles da gewesen, wie in ihrer Geschichte. Fast so, als wäre Vanessa ein Schöpfer seines Schicksals, als ob sie in die Zukunft geblickt und all das für ihn geschrieben hätte.

Marcel atmete tief durch und legte die Teetasse ab, rieb sich über das Gesicht und versuchte, die Schwere dieser Gedanken loszuwerden. Die Kälte des Winters draußen und die stillen Stunden, die nun vor ihm lagen, machten es schwer, sich abzulenken. Immer wieder tauchte das Bild von Vanessa vor seinem inneren Auge auf, wie sie ihn mit einem leicht spöttischen Lächeln ansah und ihm riet, gut auf sich aufzupassen.

"Vielleicht hätte ich sie ernster nehmen sollen", flüsterte er ins Leere, seine Stimme kaum mehr als ein schwaches Echo in der stillen Wohnung. Was, wenn all das wirklich vorherbestimmt gewesen war? Die Wildnis, die Pferde, das Überleben – alles, was

Vanessa beschrieben hatte, war tatsächlich wahr geworden, und der Gedanke daran ließ ihn nicht los.

Vielleicht sollte er Vanessa anrufen, ihr erzählen, was passiert war. Vielleicht wusste sie sogar, was das alles bedeutete – mehr als er selbst verstehen konnte. Doch Marcel hatte Angst. Angst davor, dass Vanessa mehr über sein Schicksal wusste, als er hören wollte. Oder dass sie es als einen weiteren Scherz abtun würde, unfähig zu verstehen, was die Insel und das Überleben wirklich für ihn bedeuteten.

Marcel schüttelte den Kopf, versuchte, sich von den bedrückenden Gedanken zu lösen. Stattdessen stand er langsam auf, die Muskeln in seinem Körper protestierten immer noch leicht, als er in die Küche ging, um die Teetasse abzuwaschen. Der Gedanke an Vanessa war wie ein Schatten, der ihn verfolgte, aber vielleicht war es besser, ihn für den Moment beiseitezuschieben. Er brauchte jetzt keine Geschichten mehr, keine spekulativen Theorien darüber, was war oder was hätte sein können. Was er brauchte, war Klarheit. Und vielleicht, irgendwann, auch eine Antwort von Vanessa.

Doch jetzt hieß es nur durchhalten. Die nächsten Stunden durchhalten, bis Timo zurückkäme. Sich in der Realität verankern und nicht mehr zulassen, dass die seltsamen Wendungen seiner Geschichte ihn weiter in die Tiefe zogen.

Marcel wischte sich die Hände an einem Tuch ab und blickte durch das Küchenfenster hinaus. Der Himmel hatte sich weiter verdunkelt, und die ersten Lichter der Stadt begannen zu flimmern. Vielleicht lag die Wahrheit irgendwo zwischen all dem, was er erlebt hatte und dem, was Vanessa niedergeschrieben hatte. Aber für jetzt musste er einfach versuchen, die Gegenwart zu begreifen – die, in der er mit einem warmen Tee in Timos Wohnung stand, sicher und weit weg von jeglichem Abgrund.

Die Tage zogen vorbei, und mit ihnen vergingen auch die Stunden in einer Art von Lethargie, die Marcel schwer zu durchbrechen fand. Timo war oft unterwegs – die Arbeit rief, und das Leben, das ihn in Pittsfield umgab, ging seinen gewöhnlichen Gang. Für Marcel jedoch hatte sich das Leben verändert. Alles fühlte sich wie eine schmerzhafte Rückkehr in die Normalität an, die sich nicht mehr ganz passend anfühlte, wie ein alter Mantel, der nun zu eng war.

Immer wieder ertappte er sich dabei, dass seine Gedanken zu Marry zurückkehrten. Ihr Gesicht, wie sie auf der Insel war, ihre Stimme, die ihn aufmunterte, wenn die Kälte der Nacht zu überwältigend wurde. Wie sie sich durch die Schmerzen gekämpft hatte, ohne zu klagen, ohne jemals aufzugeben. Er vermisste sie. Das war eine Wahrheit, die Marcel nur schwer akzeptieren konnte, doch es gab keinen anderen Weg, es zu benennen. Er vermisste Marry – ihre Entschlossenheit, ihren trockenen Humor, selbst ihre Verletzlichkeit.

Er dachte an den Moment im Krankenhaus, als sie das letzte Mal gesprochen hatten. Es hatte etwas Endgültiges gehabt, und das nagte an ihm. Sie hatten keine Kontaktdaten ausgetauscht, nichts außer einem stillen Versprechen, das vielleicht zu schwach gewesen war, um es in die Realität zu retten. Marcel fragte sich, warum er nicht daran gedacht hatte. Vielleicht hatte er geglaubt, dass sie einander sowieso nicht mehr wiedersehen würden. Oder vielleicht hatte er sich einfach nicht getraut, inmitten der ganzen Unsicherheit und dem Gefühl, dass ihr Überleben wie ein Wunder gewesen war, einen Schritt weiter zu gehen.

Es fühlte sich an, als wäre Marry nun Teil einer anderen Welt – einer, die er nicht mehr betreten konnte, die hinter ihm lag wie ein Kapitel in einem Buch, das sich geschlossen hatte, bevor er alle Worte verinnerlichen konnte. In den stillen Momenten – und davon gab es viele – spürte Marcel die Lücke, die Marry hinterlassen hatte, und der Gedanke, dass sie vielleicht für immer verschwunden war, nagte an ihm. Er wusste nicht einmal, wo sie war. Vielleicht war sie noch in New York im Krankenhaus. Vielleicht war sie bereits nach Hause geflogen. Hatte sie Familie, zu der sie zurückkehrte? Freunde, die sie vermisst hatten, so wie Timo ihn vermisst hatte?

Marcel hatte keine Antwort darauf. Das war es, was ihn quälte – das Gefühl von Verlorenheit, von fehlenden Möglichkeiten. Es wäre so einfach gewesen, eine Telefonnummer auszutauschen, eine E-Mail, irgendetwas, das ihnen ermöglichte, auch nach der Insel ein Teil des Lebens des anderen zu sein. Doch sie hatten es nicht getan, und nun fühlte sich die Chance, sie je wiederzufinden, wie Sand an, der ihm zwischen den Fingern entglitt, je fester er zupacken wollte.

Er seufzte, während er am Fenster von Timos Apartment stand und die Dächer von Pittsfield betrachtete, die im blassen Licht des Nachmittags verblassten. Eine Welt so weit entfernt von der Wildnis der Insel, von den Schrecken und Wundern, die sie zusammen durchgemacht hatten. Alles, was von Marry übrig blieb, waren Erinnerungen – lebendig, intensiv, aber nicht greifbar.

Es war absurd, dachte Marcel. Er hätte vielleicht versuchen können, das Krankenhaus anzurufen, nach ihr zu fragen, irgendwie ihre Spur aufzunehmen. Aber etwas in ihm hielt ihn zurück – die Angst, dass sie es vielleicht nicht wollte, dass sie ihn als Teil der Vergangenheit sah, als jemanden, den man nach einem Trauma hinter sich ließ, um neu anzufangen. Vielleicht hatte sie schon mit der Insel abgeschlossen, während Marcel noch immer an den Erinnerungen festhielt, unfähig, wirklich weiterzumachen.

Der Gedanke daran ließ einen bitteren Geschmack in seinem Mund zurück, und er schloss für einen Moment die Augen, versuchte, die Welle der Traurigkeit fortzuschieben. Die Tage vergingen langsam, die Stunden zogen sich, und Marcel fühlte sich, als wäre er in einer

Art Warteschleife gefangen, unfähig, den nächsten Schritt zu gehen. Marry war weg, und vielleicht war es an der Zeit, das zu akzeptieren – auch wenn es ihm schwerfiel, die Hoffnung aufzugeben, dass ihre Wege sich eines Tages wieder kreuzen könnten.

Doch tief in sich trug er noch immer das Bild von ihr – wie sie lächelte, trotz all der Schmerzen. Und dieses Bild hielt ihn wach, es ließ ihn durchhalten, auch wenn alles andere in ihm nachgab. Vielleicht, dachte er, war das alles, was ihm blieb – eine Erinnerung an jemanden, der ihm gezeigt hatte, dass Überleben auch eine Frage der Stärke und des Vertrauens sein konnte.

Der letzte Tag in Pittsfield begann mit einem leichten Schneefall. Marcel stand früh am Morgen auf, streckte sich und sah aus dem kleinen Fenster in Timos Wohnzimmer, wo die ersten Schneeflocken lautlos auf die Fensterbank fielen. Die kalte Luft, die durch die Ritzen in das warme Apartment kroch, fühlte sich fast erfrischend an, und Marcel wusste, dass dieser Tag der Abschied von der kleinen Stadt sein würde, die ihm vorübergehend Zuflucht geboten hatte. Der nächste Morgen würde ihn zurück nach Deutschland bringen, zurück zu einem Leben, das sich für ihn noch unwirklich anfühlte.

Timo, noch halb verschlafen, kam aus seinem Zimmer und rieb sich die Augen, bevor er Marcel müde zulächelte. „Heute ist es also soweit", sagte er, als er sich eine Tasse Kaffee machte. Seine Stimme klang ein wenig gedämpft, und Marcel konnte die unterschwellige Traurigkeit heraushören.

„Ja," antwortete Marcel, seine eigene Stimme leise, während er sich zu Timo an den kleinen Küchentisch setzte. „Es fühlt sich komisch an, wieder zu gehen."

„Das tut es", sagte Timo, und für einen Moment hing eine Stille zwischen ihnen, die mit Erinnerungen und unausgesprochenen Worten gefüllt war. Es war die Art von Stille, die zwischen engen Freunden entstehen kann – eine Stille, die nicht unangenehm ist, sondern voller Bedeutung. Timo räusperte sich und versuchte ein Lächeln. „Aber bevor du gehst, sollten wir den Tag richtig nutzen. Ich hab den Vormittag freigenommen – lass uns irgendwas machen."

Marcel nickte. „Klingt gut", sagte er, auch wenn er sich nicht sicher war, was genau er mit Timo unternehmen wollte. Etwas in ihm fühlte sich schwer, als ob er nicht wirklich bereit war, diesen Abschied zu akzeptieren. Doch er wollte die letzten Stunden mit seinem Freund nicht mit Grübeln verschwenden.

Sie entschieden sich dafür, einen Spaziergang durch die Stadt zu machen, den leichten Schneefall zu genießen und vielleicht irgendwo einen letzten Kaffee zu trinken. Es war seltsam beruhigend, durch die vertrauten Straßen von Pittsfield zu gehen, die Marcel in den letzten Tagen ein wenig ins Herz geschlossen hatte. Die Stadt hatte etwas Ruhiges, etwas, das ihn dazu brachte, den Kopf freizubekommen und die Gedanken für einen Moment zur Ruhe zu bringen.

„Was wirst du als Erstes tun, wenn du zurück bist?" fragte Timo, als sie an einem kleinen Park vorbeigingen, in dem sich der Schnee sanft auf die kahlen Äste legte.

Marcel zögerte. „Ich weiß es nicht", sagte er ehrlich. „Vielleicht erstmal meine Familie besuchen, allen sagen, dass es mir gut geht. Es fühlt sich an, als wäre ich schon ewig weg. Und irgendwie... weiß ich nicht, ob ich wirklich bereit bin, wieder in dieses alte Leben zurückzukehren."

Timo nickte verständnisvoll. „Das kann ich verstehen. Nach allem, was du durchgemacht hast... das dauert. Und du solltest dir die Zeit nehmen, die du brauchst. Niemand erwartet, dass du sofort wieder funktionierst wie früher."

Marcel sah Timo von der Seite an und lächelte schwach. „Danke, Timo. Ich weiß, dass es nicht leicht war, mich hier zu haben."

„Ach was", sagte Timo, und sein Lächeln wurde breiter. „Ich war froh, dich hier zu haben. Du hast mir gefehlt, Marcel. Und ich weiß, dass es nicht einfach ist, wieder zur Normalität zurückzufinden – aber ich glaube, dass du es schaffen wirst."

Marcel fühlte, wie sich ein Kloß in seinem Hals bildete. Er wandte den Blick ab und sah auf den verschneiten Boden. Die Freundschaft zu Timo hatte ihn in den letzten Tagen getragen, und er wusste nicht, wie er ihm das jemals danken könnte. Doch Worte schienen nicht genug zu sein, und so blieb er stumm, ließ die Zeit einfach für sich sprechen.

Am Nachmittag kehrten sie in ein kleines Café ein, setzten sich ans Fenster und beobachteten, wie der Schneefall stärker wurde. Die heiße Tasse in Marcels Händen wärmte ihn, doch sein Blick wanderte immer wieder in die Ferne. In Gedanken fragte er sich, ob Marry vielleicht gerade jetzt auch irgendwo saß, vielleicht in einem Café, und an die Insel dachte. Er wusste es nicht, und das war das, was ihn am meisten schmerzte – diese Ungewissheit, ob sie jemals wieder einen Weg zueinander finden würden.

„Hey", sagte Timo, der Marcels Abwesenheit bemerkte. „Du bist ganz schön weit weg."

Marcel blinzelte, richtete seinen Blick auf seinen Freund und lächelte. „Ja, ich weiß. Entschuldige. Ich denke nur viel nach in letzter Zeit."

„Musst du dich nicht für entschuldigen", erwiderte Timo. „Aber lass uns trotzdem einen guten Abschluss finden, okay? Heute Abend kochen wir was. Etwas Großes, und dann machen wir es uns gemütlich."

Und so verbrachten sie den letzten Abend mit einer improvisierten Kochsession in Timos winziger Küche. Sie lachten, als sie versuchten, die Anweisungen aus einem Rezept im Internet zu befolgen und am Ende etwas völlig anderes dabei herauskam – etwas, das vielleicht eher einem Eintopf glich als dem vorgesehenen Gericht. Doch das war egal. Sie aßen zusammen, tranken ein Bier dazu und ließen die Stunden verstreichen, bis die Nacht sich über Pittsfield legte und es Zeit war, sich auszuruhen.

Marcel saß später im Gästezimmer, das Licht gedämpft, während draußen der Schnee die Stadt in eine ruhige, weiße Decke hüllte. Er wusste, dass der nächste Morgen kommen würde, und mit ihm der Abschied von dieser Zwischenwelt, die Timos Wohnung gewesen war. Morgen würde er wieder in den Flieger steigen, diesmal zurück in sein altes Leben. Doch vielleicht, dachte er, musste dieses Leben nicht genauso sein wie vorher. Vielleicht konnte er Marry wiederfinden, Vanessa nach dem Buch fragen und herausfinden, ob wirklich noch ein Kapitel auf ihn wartete – eines, das noch nicht geschrieben war.

Mit diesem Gedanken legte er sich hin, schloss die Augen und ließ die Müdigkeit ihn überwältigen. Es war Zeit, für einen neuen Anfang bereit zu sein – oder zumindest für den Versuch, einen zu finden.

KAPITEL 13
ABSCHIED UND RÜCKKEHR

Der Flughafen war geschäftig, selbst an einem kalten Wintermorgen wie diesem. Menschen eilten aneinander vorbei, Trolleys rollten über den glänzenden Boden, und Durchsagen hallten durch die große Halle, während Timo den Wagen auf dem Kurzzeitparkplatz vor dem Terminal parkte. Er sah zu Marcel hinüber, der stumm aus dem Fenster blickte, in Gedanken versunken.

"Na gut, wir sind da", sagte Timo schließlich und schaltete den Motor ab. Er drehte sich zu Marcel, ein leicht gezwungenes Lächeln auf den Lippen. "Bereit für das nächste Abenteuer?"

Marcel atmete tief ein und nickte, seine Augen voller unausgesprochener Emotionen. "Ja... ich denke schon." Er griff nach seinem Rucksack auf dem Rücksitz und öffnete die Tür. Die kalte Luft, die hereindrang, ließ ihn kurz zusammenzucken, bevor er ausstieg. Timo folgte ihm und schloss die Tür hinter sich.

Sie gingen gemeinsam in Richtung des Eingangs, die Schritte schwerer, als sie hätten sein sollen. Die Hektik um sie herum schien wie in einem anderen Raum stattzufinden, während Marcel und Timo nebeneinander hergingen, schweigend, als ob Worte zu kostbar wären, um sie jetzt zu verschwenden.

Vor dem Eingang zum Terminal blieben sie stehen, und Marcel drehte sich zu seinem Freund. Es war einer dieser Momente, die gleichzeitig bedeutungsvoll und irgendwie auch unwirklich wirkten. Die letzten Tage waren ein Durcheinander aus Emotionen gewesen, und jetzt, wo der Abschied tatsächlich vor ihnen stand, wusste Marcel nicht, was er sagen sollte. Die richtigen Worte schienen ihm zu entgleiten, selbst als er versuchte, sie zu finden.

Timo schien es nicht anders zu gehen. Schließlich legte er Marcel eine Hand auf die Schulter und sah ihm direkt in die Augen. "Pass auf dich auf, okay?", sagte er. Seine Stimme war ruhig, aber dahinter lag ein Gefühl von Dringlichkeit, das Marcel nur zu gut verstand.

Marcel lächelte schwach und nickte. "Das werde ich. Danke, Timo... für alles. Ich weiß wirklich nicht, was ich ohne dich gemacht hätte."

Timo erwiderte das Lächeln, aber seine Augen wurden feucht. "Ach, hör auf damit. Ich habe nur getan, was ein Freund tut." Dann zog er Marcel kurz in eine Umarmung. Sie standen für einen Moment einfach da, die Arme umeinander geschlungen, bevor sie sich voneinander lösten.

"Mach's gut, und lass von dir hören, wenn du angekommen bist", sagte Timo, und Marcel nickte.

"Versprochen." Er hob seinen Rucksack auf die Schulter, drehte sich um und ging durch die gläsernen Türen des Terminals. Timo stand noch einen Moment dort, die Hände in den Jackentaschen, bevor er langsam zum Auto zurückging, die Schultern leicht gesenkt.

Marcel betrat das Terminal, die lauten Geräusche von Ansagen und Gesprächen schlugen ihm entgegen. Die Anonymität der Menge war beruhigend und irgendwie erschreckend zugleich. Er ging in Richtung der Sicherheitskontrolle, stellte sich an und sah sich ein letztes Mal um, als ob er noch ein vertrautes Gesicht in der Menge finden wollte. Doch Timo war bereits draußen, und Marcel wusste, dass dies der Moment war, in dem er sich wirklich verabschieden musste – nicht nur von Timo, sondern auch von allem, was die letzten Wochen für ihn bedeutet hatten.

Als er näher an die Sicherheitskontrolle herankam, zog er seine Jacke aus, nahm den Laptop aus seinem Rucksack und legte alles in die bereitgestellten Plastikbehälter. Während er wartete, dass die Schlange sich weiterbewegte, spürte er, wie eine seltsame Mischung aus Trauer und Erwartung in ihm wuchs. Die letzten Tage bei Timo hatten ihm eine Art Sicherheit gegeben, aber jetzt stand er wieder vor dem Unbekannten. Vor dem Flug, der ihn zurück nach Deutschland bringen würde – zurück in ein Leben, das ihm plötzlich so fremd erschien.

Er trat vor, als der Sicherheitsbeamte ihm zunickte, ging durch den Scanner und wartete auf seine Sachen. Die Welt um ihn herum schien so hektisch, so voller Dinge, die bedeutungslos waren im Vergleich zu dem, was er erlebt hatte. Als er schließlich seinen Rucksack und seine Jacke wieder über die Schulter legte, spürte er die Schwere der Realität. Er wusste, dass er weitergehen musste – vorwärts in ein Leben, das ihn irgendwie wieder aufnehmen musste, auch wenn er sich selbst noch nicht sicher war, wie er darin hineinpassen würde.

Mit einem letzten tiefen Atemzug richtete Marcel seinen Blick nach vorne und ging weiter. Weiter zu dem Gate, weiter zu einem Leben, das darauf wartete, dass er es wieder in die Hand nahm.

Marcel saß am Gate, eine dampfende Tasse Kaffee in der Hand, und beobachtete durch die großen Fenster die Bewegungen auf dem Rollfeld. Flugzeuge starteten und landeten, die Menschen auf dem Vorfeld schoben Gepäckwagen und fuhren mit den kleinen Fahrzeugen umher. Alles schien in ständiger Bewegung zu sein, während Marcel für einen Moment wie eingefroren war. Sein Flug würde in weniger als einer Stunde gehen, und bis dahin war alles, was ihm blieb, die Zeit totzuschlagen und die Gedanken zu ordnen, die wie ein Wirbelwind durch seinen Kopf jagten.

Er nahm einen Schluck von seinem Kaffee, das warme Getränk hinterließ einen bitteren Geschmack auf seiner Zunge. Der Geschmack passte irgendwie zu seiner Stimmung. Während er auf die Anzeige des Gates blickte, die seinen Flug nach Frankfurt ankündigte, fühlte sich alles in ihm plötzlich seltsam fern an. Die vergangenen Wochen hatten ihn mehr verändert, als er es in diesem Moment wirklich erfassen konnte.

Es begann mit der Aufregung vor dem Flug nach New York, der Vorfreude auf ein Abenteuer, das so vielversprechend gewirkt hatte. Doch dann waren es die Turbulenzen, die Panik in der Kabine, der plötzliche Absturz – und die brutale Erkenntnis, dass das Leben in einem Augenblick komplett auseinanderbrechen konnte. Die Erinnerungen daran ließen ihn schaudern, und er rieb sich unbewusst die Schläfen, als ob er die Bilder vertreiben wollte.

Und dann war da die Insel gewesen – ein Ort, der sowohl ihre Rettung als auch ihre Prüfung gewesen war. Die Wildnis, die Kälte der Nächte, das endlose Rauschen des Meeres. Marry und er, wie sie ums Überleben kämpften, Seite an Seite, jeden Tag eine neue Herausforderung annehmend. Die Wildpferde, die ihnen so unverhofft zur Hilfe gekommen waren, als sie sie am meisten gebraucht hatten – es fühlte sich wie ein Traum an, etwas so Unglaubliches, dass er sich nicht sicher war, ob es tatsächlich passiert war.

Er dachte an Marry und an den Ausdruck in ihren Augen, als sie auf der Insel gekämpft hatten, als sie ihn ermutigt hatte, nicht aufzugeben. Ihre Stimme, die in der Dunkelheit neben ihm erklungen war, ein fester Anker inmitten der Ungewissheit. Und dann das Krankenhaus, die letzten Gespräche, die unausgesprochenen Versprechen. Marry, die jetzt irgendwo in dieser riesigen Stadt New York sein musste, unerreichbar für ihn, weil sie keine Kontaktdaten ausgetauscht hatten. Marcel spürte die Trauer darüber in sich aufsteigen, als er auf seine Hände hinunterblickte. Es war so einfach gewesen, sie zu verlieren, und so schwer, sie wiederzufinden.

Er fragte sich, was sie jetzt wohl machte. Ob sie sich an ihn erinnerte, ob sie genauso oft an ihn dachte wie er an sie. Vielleicht nicht, vielleicht hatte sie bereits beschlossen, mit diesem Kapitel ihres Lebens abzuschließen. Vielleicht war er für sie nur ein Mitüberlebender, jemand, den sie in einem bestimmten Moment gebraucht hatte, aber der nun keinen Platz mehr in ihrem Leben hatte. Der Gedanke war schmerzhaft, aber Marcel wusste, dass es auch irgendwie wahr sein konnte. Er und Marry hatten überlebt, ja, aber das bedeutete nicht, dass sie füreinander bestimmt waren.

Er nahm einen weiteren Schluck von seinem Kaffee und sah wieder aus dem Fenster, beobachtete, wie ein weiteres Flugzeug zur Startbahn rollte. Die letzten Tage bei Timo waren wie ein sanfter Übergang gewesen, eine Chance, sich zu sammeln, bevor das Leben ihn wieder forderte. Timo hatte ihn mit offenen Armen aufgenommen, ohne Fragen zu stellen, ohne Erwartungen zu haben – und das war genau das, was Marcel gebraucht hatte. Die nächtlichen Gespräche, die stillen Momente, der Tee auf der Couch – all das hatte ihn beruhigt und ihm geholfen, wieder ein wenig Boden unter den Füßen zu finden.

Und jetzt stand er wieder allein da, vor dem nächsten großen Schritt. Die Rückkehr nach Deutschland fühlte sich wie eine Rückkehr in die Normalität an, aber es war eine Normalität, die sich irgendwie fremd und unerreichbar anfühlte. Als ob er nicht mehr der gleiche Mensch war, der er vor dem Flug gewesen war. Er hatte sich verändert, und die Welt um ihn herum würde das vielleicht nicht verstehen.

Marcel seufzte tief und stellte den Pappbecher auf den Tisch neben seinem Sitz. Die letzten Wochen waren wie ein einziges Chaos aus Ereignissen, Gefühlen und Entscheidungen gewesen. Ein Abenteuer, das er nie so geplant hatte und das ihn trotzdem mehr geprägt hatte, als es jede noch so gut durchdachte Reise je gekonnt hätte. Es war ein Abenteuer, das mit einem Flug begann – und nun mit einem anderen enden würde.

Die Stimme aus den Lautsprechern riss ihn aus seinen Gedanken, als sie die ersten Passagiere zum Boarding aufrief. Marcel griff nach seinem Rucksack, stand langsam auf und zog seine Jacke enger um sich. Noch ein letztes Mal blickte er hinaus auf das Rollfeld, sah, wie das Schneegetriebe unermüdlich arbeitete, um die Flugzeuge sicher starten zu lassen. Es war Zeit zu gehen. Zeit, ein neues Kapitel zu beginnen – selbst wenn er nicht wusste, was darin stehen würde.

Er ging langsam zum Gate, reihte sich in die Schlange ein und ließ den Flughafen, das Geräusch der Rollkoffer und das entfernte Summen der Flugzeuge, hinter sich. Alles, was vor ihm lag, war ein Flug zurück nach Hause – und das leise Versprechen, dass vielleicht, irgendwann, das Leben wieder etwas einfacher werden würde.

Die Stimme der Flughafenansage erklang erneut, diesmal deutlicher und näher: „Boarding für Flug 347 nach Frankfurt hat nun begonnen. Passagiere der Gruppe eins und zwei werden gebeten, sich zum Gate zu begeben."

Marcel spürte, wie sein Herzschlag sich beschleunigte. Er stand auf, griff nach seinem Rucksack und ging langsam in Richtung der kleinen Menschentraube, die sich um das Gate versammelt hatte. Die Worte "Boarding für Flug nach Frankfurt" hallten in seinem Kopf nach, doch statt Vorfreude fühlte er nur einen Kloß in der Kehle. Sein Blick glitt kurz zu der Glastür, die direkt zum Flugzeug führte. Das riesige, metallene Ding, das ihn nach Hause bringen sollte, erschien ihm in diesem Moment eher wie eine Bedrohung als wie ein sicherer Weg nach Hause.

Die Angst kroch unaufhaltsam in ihm hoch, eine lähmende Beklemmung, die er nicht abschütteln konnte. Er hatte geglaubt, er würde sich besser fühlen, sobald er hier saß, das Terminal hinter sich, bereit für den Flug. Doch je näher er der Tür kam, desto stärker wurde das Gefühl, dass wieder etwas schiefgehen könnte. Seine Hände begannen zu schwitzen, und er umklammerte den Rucksack fest, als wäre er ein Halt, der ihn davor bewahren könnte, die Kontrolle zu verlieren.

Die Erinnerung an den Absturz, die Panik, die Menschen, die um ihn herum geschrien hatten – es war, als ob all diese Bilder wieder zurückkamen, in den Vordergrund seines Bewusstseins drängten. Der stechende Geruch von Rauch, das Geräusch von Metall, das unter enormem Druck auseinanderbrach. Marcel schluckte schwer, seine Augen fixierten die Boarding-Tür, als könnte er sie durch schiere Willenskraft verschwinden lassen.

„Passagiergruppe drei wird nun zum Boarding gebeten", sagte die Stimme aus dem Lautsprecher, und Marcel fühlte, wie seine Beine sich schwer anfühlten. Er hatte keine andere Wahl. Er wusste, dass er nicht einfach bleiben konnte, dass er diesen Flug nehmen musste, um wieder ein Stück Normalität zu finden. Aber die Angst saß tief. Das Flugzeug – es war ein Symbol der Gefahr, des Unkontrollierbaren, und es brachte ihn wieder zurück an den Rand des Abgrunds, an den Punkt, an dem alles, was er bisher gekannt hatte, einfach verschwunden war.

Als die Schlange sich langsam weiterbewegte und Marcel seinen Boardingpass dem Mitarbeiter am Gate reichte, zwang er sich, ruhig zu atmen. „Es wird alles gut", murmelte er leise zu sich selbst, als der Mitarbeiter den Pass scannte und ihm zunickte. „Guten Flug, Herr Schulz."

Marcel nickte nur, unfähig, ein Lächeln zu zeigen, und ging weiter den schmalen Gang entlang, der ihn zur Flugzeugtür führte. Mit jedem Schritt verstärkte sich die Angst, ein unangenehmes Ziehen in seiner Brust, das ihn zum Umdrehen zwingen wollte. Doch er ging weiter, trat schließlich in die Kabine ein, spürte den Teppichboden unter seinen Füßen und hörte das leise Summen der Bordelektronik.

Die Flugbegleiterin lächelte ihm freundlich zu, wies ihm seinen Sitzplatz. Marcel nickte, legte seinen Rucksack in die Ablage über seinem Kopf und setzte sich dann langsam hin. Seine Hände zitterten, als er den Sicherheitsgurt anzog und sich zurücklehnte, die Augen kurz schloss, um den Anblick der engen Kabine um ihn herum auszublenden. Er versuchte, sich zu beruhigen, sich zu sagen, dass es diesmal anders sein würde, dass sie sicher landen würden. Doch die Angst ließ sich nicht so leicht verdrängen.

Die Menschen um ihn herum redeten leise, Kinder lachten, jemand weiter hinten verstaute noch hektisch sein Handgepäck. Für sie alle war dies einfach ein Flug – ein Flug wie jeder andere, eine Reise, eine Übergangsphase zwischen zwei Orten. Für Marcel war es eine Konfrontation mit all seinen Ängsten, eine Erinnerung daran, dass es manchmal keinen sicheren Weg gibt, sondern nur den Mut, trotz der Angst weiterzugehen.

Als das Flugzeug schließlich zur Startbahn rollte und die Sicherheitsanweisungen durchgegeben wurden, atmete Marcel tief ein und schloss seine Augen wieder. „Du schaffst das", sagte er in Gedanken zu sich selbst, fast wie ein Mantra. Er dachte an Marry, daran, wie sie auf der Insel durchgehalten hatte, trotz aller Widrigkeiten, trotz aller Schmerzen. Wenn sie das geschafft hatte, dann konnte er jetzt auch durchhalten.

Der Lärm der startenden Triebwerke füllte die Kabine, ein tiefes Brummen, das sich bis in seine Knochen ausbreitete. Marcel griff nach den Armlehnen, seine Finger umklammerten das Plastik fest, während das Flugzeug immer schneller wurde. Der Druck gegen seine Brust, das Gefühl, abzuheben – es war, als wäre er wieder in dem Moment des Absturzes gefangen, als all seine Hoffnung mit einem Mal in den dunklen Himmel gefallen war. Doch dann, mit einem Ruck, hob das Flugzeug ab, der Boden entfernte sich unter ihm, und Marcel spürte, wie sein Körper in den Sitz gedrückt wurde.

Er atmete ein und aus, fokussierte sich auf den Rhythmus, ignorierte das Rumpeln und Knarzen der Kabine, als die Maschine durch die Wolken stieg. Noch einmal murmelte er leise zu sich selbst: „Es wird alles gut." Und tief in seinem Inneren hoffte er, dass es diesmal wirklich so sein würde.
Marcel fühlte ein tiefes Gefühl der Erleichterung, als das Flugzeug endlich auf dem Boden aufsetzte, das Rumpeln der Landung durch den gesamten Rumpf hallte und die Geschwindigkeit langsam abnahm. Es war geschafft. Kein Absturz, keine Katastrophe – der Flug war einfach nur ein Flug gewesen, so unspektakulär und sicher, wie es sein sollte. Er spürte, wie sich die Anspannung in seinem Körper löste, die seine Schultern seit Stunden nach oben gezogen hatte. Er lehnte sich zurück und schloss kurz die Augen. Endlich war er wieder auf festem Boden.

Am Flughafen Frankfurt herrschte geschäftige Betriebsamkeit, wie immer. Die Menschen drängten sich in langen Schlangen zur

Passkontrolle, es gab laute Ansagen über die Lautsprecher, und irgendwo weinte ein Kind. Marcel folgte dem Strom der Passagiere durch den weitläufigen Terminal und holte sein Gepäck vom Förderband, bevor er sich zum Ausgang begab. Die kühle Luft, die aus der Eingangshalle strömte, wirkte fast wie ein Weckruf, eine Bestätigung, dass er wirklich zurück war.

Im Ankunftsbereich sah er schließlich Pascal, seinen Nachbarn, der ihn abholen wollte. Pascal winkte ihm zu, sein Gesicht war von einem breiten Lächeln gezeichnet. "Hey Marcel! Willkommen zurück!" rief er, als Marcel auf ihn zukam. Er nahm ihm sofort den schweren Koffer ab und klopfte ihm freundschaftlich auf die Schulter. "Wie war der Flug?"

Marcel zögerte, dann schüttelte er den Kopf, ein müdes Lächeln umspielte seine Lippen. "Lang und anstrengend", sagte er ehrlich. "Aber ich bin froh, wieder hier zu sein."

Sie machten sich auf den Weg zum Parkplatz, und Marcel konnte die Wärme in Pascals Augen sehen, das ehrliche Willkommen. Es fühlte sich gut an, jemanden zu haben, der einen auffängt – der einem das Gefühl gibt, dass es gut ist, wieder hier zu sein. Als sie in Pascals Auto saßen und Pascal den Motor startete, schwiegen sie eine Weile, bevor Pascal schließlich das Schweigen brach.

"Du hast echt 'ne Menge durchgemacht, was?" sagte Pascal, sein Tonfall war eher eine Feststellung als eine Frage. Er warf Marcel einen schnellen Blick zu, während er den Flughafen hinter sich ließ und auf die Autobahn auffuhr.

Marcel nickte und atmete tief durch. Er wusste, dass Pascal neugierig war – schließlich hatten ihn die Ereignisse der letzten Wochen komplett aus dem Leben gerissen. Und obwohl er nicht sicher war, wo er anfangen sollte, wollte er es auch nicht weiter für sich behalten. "Ja, es war... anders als alles, was ich je erlebt habe", begann Marcel langsam, seine Stimme leise. "Es war nicht nur der Absturz. Es war alles – die Insel, das Überleben, Marry..."

Pascal runzelte die Stirn. "Marry? Wer ist Marry?"

Marcel seufzte, sein Blick wanderte zu der vorbeiziehenden Landschaft, den Feldern und Wäldern, die sich unter dem grauen Himmel erstreckten. "Sie war eine der anderen Überlebenden", sagte er. "Wir waren zusammen gestrandet. Ohne sie hätte ich es nicht geschafft. Es war... schwer zu erklären. Die Insel war wie ein Albtraum, aber auch wie etwas Magisches."

Pascal nickte langsam, als er versuchte, die Tragweite dessen, was Marcel erzählte, zu erfassen. Er lenkte das Auto mit ruhiger Hand, während er Marcel aufmerksam zuhörte. "Wow, das klingt verrückt. Ich meine, ein Flugzeugabsturz allein ist schon mehr, als ich mir jemals vorstellen könnte, aber dann auch noch eine Insel? Wie habt ihr es geschafft?"

Marcel lächelte schwach, schüttelte leicht den Kopf. "Es war wie ein Wunder. Es gab diese Wildpferde... ich weiß, es klingt verrückt, aber sie haben uns geholfen. Sie waren da, als wir dachten, dass alles vorbei war. Ohne sie hätten wir nie überlebt. Und dann – als wir gerettet wurden, habe ich einfach... ich weiß nicht, es war, als wäre alles ein Traum gewesen."

Pascal sah ihn einen Moment an, seine Augen geweitet vor Verwunderung. "Wildpferde? Das klingt tatsächlich verrückt. Aber irgendwie auch... unglaublich. So etwas erlebt nicht jeder."

Marcel nickte, ein bitteres Lächeln auf den Lippen. "Ja, unglaublich ist genau das richtige Wort. Es ist nur schwer, wieder hier zu sein.

Wieder normal zu sein. Es fühlt sich an, als hätte sich alles verändert, und gleichzeitig ist hier alles genau gleich geblieben."

Pascal nickte verstehend. "Ich kann mir vorstellen, dass das schwer ist. Aber weißt du was? Du bist stark. Du hast das überlebt, und das allein ist schon mehr, als viele andere geschafft hätten. Und wenn du Zeit brauchst, um wieder reinzukommen, dann nimm sie dir. Ich bin hier, wenn du reden willst. Und die anderen auch."

Marcel blickte zu Pascal, seine Augen glänzten leicht, und er spürte einen Moment lang eine tiefe Dankbarkeit. "Danke, Pascal", sagte er leise. "Ich schätze das wirklich. Es fühlt sich gut an, hier jemanden zu haben, der... versteht."

Pascal lächelte und nickte. "Klar doch, dafür sind Freunde da. Und hey, wir werden dafür sorgen, dass du dich wieder an alles hier gewöhnst. Du bist nicht allein, Marcel."

Sie fuhren weiter durch die nun eintretende Dämmerung, und Marcel erzählte weiter von seinen Erlebnissen – von der Angst, der Hoffnung, den Momenten, in denen er und Marry dachten, sie würden es nicht schaffen. Er erzählte von den Nächten, in denen sie sich am Feuer warm hielten, von den wilden Pferden, die ihre stillen Beschützer wurden. Pascal hörte aufmerksam zu, ab und zu stellte er eine Frage, nickte, schüttelte den Kopf, und Marcel merkte, dass es ihm half, die Worte auszusprechen. Es half, die Erinnerungen zu teilen, sie laut auszusprechen, anstatt sie in sich zu vergraben.

Als sie schließlich die vertraute Straße zu seinem Wohnhaus erreichten, fühlte sich Marcel erschöpft, aber irgendwie auch leichter. Die Vergangenheit würde immer ein Teil von ihm bleiben, aber vielleicht war es nun ein wenig einfacher, wieder nach vorne zu schauen. Mit Pascal an seiner Seite und der Erinnerung an die letzten Wochen wusste er, dass es nicht einfach sein würde, aber dass er es schaffen konnte – Schritt für Schritt, Tag für Tag.

Pascal parkte das Auto und schaute Marcel an. "Also, zurück in den Alltag. Willkommen zu Hause, Marcel."

Marcel stieg aus, atmete tief die kühle, deutsche Winterluft ein und nickte. "Ja", sagte er leise, als er die Haustür erreichte. "Willkommen zu Hause."

KAPITEL 14
TRAUM ODER WIRKLICHKEIT

Die Tage zwischen Weihnachten und Neujahr vergingen wie im Flug, und Marcel spürte, wie das Gewicht der vergangenen Wochen langsam von der stillen Müdigkeit des Alltags abgelöst wurde. Das Jahr hatte sich mit einer unaufgeregten Stille verabschiedet, und das neue Jahr war mit einem Feuerwerk begrüßt worden, das Marcel allein von seinem Balkon aus beobachtet hatte. Der Lärm der Böller, das Leuchten der Raketen am Himmel – es hatte ihn nicht mit der Freude erfüllt, die er sich erhofft hatte. Stattdessen war es eine seltsame Mischung aus Nostalgie und Leere gewesen.

Die ersten Tage im Januar waren von einem tristen Wintergrau geprägt. Der Schnee, der vor Weihnachten gefallen war, hatte sich längst in schmutzige Pfützen verwandelt, und die Straßen waren von einer Nässe überzogen, die nur wenig Hoffnung auf den Frühling vermittelte. Marcel hatte sich eine Auszeit genommen, versucht, seinen Rhythmus wiederzufinden, doch die Normalität fühlte sich noch immer weit entfernt an.

Nun, nach all dem, stand er am Morgen seines ersten Arbeitstags vor dem Spiegel im Badezimmer. Er sah sich selbst ins Gesicht und erkannte sich nur schwer wieder. Die Augenringe, die sich unter seinen Augen abzeichneten, die müde Haut, die seit dem Absturz nie wieder richtig zur Ruhe gekommen war. Er strich sich durch sein zerzaustes Haar und atmete tief durch. Heute war der Tag, an dem er offiziell wieder ein Teil seines alten Lebens werden sollte – oder zumindest versuchen musste, so zu tun.

Mit einem Seufzen schnappte er sich seine Arbeitstasche, die verstaubt in der Ecke gelegen hatte, und zog seine Jacke an. Auf dem

Weg zur Arbeit fühlte sich alles so vertraut und gleichzeitig so fremd an. Die Straßen, die er Tag für Tag entlanggegangen war, die Gebäude, die Läden, die Menschen, die er passierte – alles war da, aber irgendwie passte er nicht mehr richtig hinein.

Als er schließlich vor dem Eingang stand, blieb er kurz stehen und schloss die Augen. Die Geräusche der Stadt umgaben ihn, die Hektik der Menschen, die zur Arbeit eilten, die Autos, die vorbeirauschten – es war, als wäre er nie fort gewesen. Doch in seinem Inneren fühlte er die Veränderung, die die Insel mit sich gebracht hatte, das tiefe Wissen, dass es etwas in ihm gab, das sich nie wieder in diese Welt einfügen würde, so wie es früher gewesen war.

Er öffnete die Tür und betrat die Produktion. Die Gerüche von, Papier und ein Hauch von Staub begrüßten ihn. Ein paar Kollegen sahen auf, als er eintrat, einige winkten ihm zu, andere murmelten ein "Willkommen zurück", bevor sie wieder in ihre Arbeit eintauchten. Alles schien weitergelaufen zu sein, als wäre er nur für einen kurzen Augenblick abwesend gewesen – als hätte die Zeit sich geweigert, ihn zu bemerken.

Marcel setzte sich an seinen alten Platz, seinen Schreibtisch, der noch genauso aussah wie zuvor. Ein Stapel unerledigter Akten lag auf der linken Seite, ein paar alte Notizen, die er vor dem Flug nach New York dort hinterlassen hatte, klebten noch immer am Bildschirm. Er fragte sich was die anderen beiden Schichten überhaubt gemacht haben. Er schaltete den Computer ein und hörte das vertraute Summen des Hochfahrens. Es war ein Geräusch, das ihn einmal beruhigt hatte, ein Ritual, das den Arbeitstag einleitete. Doch heute schien es ihm fremd zu sein, als gehöre es nicht mehr in sein Leben.

Seine Kollegin kam in sein büro und lächelte ihn freundlich an. „Hey, Marcel, willkommen zurück! Ich habe gehört, dass du ganz schön was durchgemacht hast. Geht es dir wieder besser?"

Marcel blickte zu ihr und lächelte schwach. „Ja, danke. Es war... eine Erfahrung, sagen wir es mal so." Er versuchte, die Müdigkeit aus seiner Stimme zu vertreiben, während er sprach. „Ich bin froh, wieder hier zu sein."

„Das kann ich mir vorstellen", sagte sie und klopfte leicht an die Tür. „Lass es ruhig angehen, okay? Wir haben uns hier gut geschlagen, aber wir sind froh, dass du wieder zurück bist."

Marcel nickte, auch wenn er das Gefühl hatte, dass die Worte ihn kaum erreichten. Es fühlte sich an, als wäre ein Teil von ihm noch immer dort draußen, irgendwo zwischen der Insel und den Erinnerungen an das, was er und Marry durchgestanden hatten.

Während er seinen Computer hochfuhr und versuchte, sich in die Arbeit zu vertiefen, spürte er die Schwere auf seinen Schultern, die nicht von den Akten oder den Aufgaben kam. Es war die Schwere dessen, was er erlebt hatte und was er nicht vergessen konnte. Marry, die Nächte auf der Insel, die Pferde – es war alles noch da, tief in ihm, und nichts davon ließ sich einfach ablegen, nur weil die Welt um ihn herum so tat, als wäre nichts geschehen.

Der Morgen verging langsam. Er klickte sich durch seine E-Mails und versuchte, sich auf die Aufgaben zu konzentrieren, die vor ihm lagen. Doch seine Gedanken schweiften immer wieder ab, und er ertappte sich dabei, dass er aus dem Fenster sah, hinaus in das graue Licht des Januarmorgens. Die Welt drehte sich weiter, doch in ihm war etwas stehengeblieben.

Gegen Mittag rief Pascal an, und Marcel fühlte eine Welle der Erleichterung, als er das vertraute Lachen seines Nachbarn hörte. „Hey, wie läuft's am ersten Tag?" fragte Pascal, und Marcel konnte die leichte Sorge in seiner Stimme hören.

Marcel lehnte sich in seinem Stuhl zurück und atmete tief ein. „Es läuft", sagte er, seine Stimme ruhig. „Es ist seltsam, wieder hier zu sein. Alles ist gleich, aber irgendwie auch nicht."

„Das kann ich mir vorstellen", sagte Pascal. „Aber hey, wenn du heute Abend reden willst oder einfach nur ein Bier trinken willst, dann sag Bescheid. Ich bin da, okay?"

Marcel lächelte. „Danke, Pascal. Vielleicht nehme ich dich darauf später wirklich beim Wort."

Er legte auf und starrte auf den Bildschirm vor sich. Der Arbeitstag ging weiter, das Büro war voller Geräusche – Telefonate, Gespräche, das Klappern von Tastaturen. Es fühlte sich fast an wie früher, aber Marcel wusste, dass es Zeit brauchen würde, bis er sich wieder in dieses Leben einfügen konnte. Wenn überhaupt.

Mit einem tiefen Atemzug beschloss Marcel, sich wieder auf die Aufgaben vor ihm zu konzentrieren. Schritt für Schritt, Tag für Tag – vielleicht würde er irgendwann wieder ganz zurück sein. Doch heute war es genug, einfach hier zu sein, und damit anzufangen.

Am dritten Tag nach seiner Rückkehr zur Arbeit, während Marcel gerade dabei war, einige Platten in seinem Büro zu ordnen, hörte er plötzlich eine vertraute Stimme. Er stockte und hob den Kopf. Da war sie – Vanessa.

Vanessa arbeitete in einer anderen Abteilung des Unternehmens, aber heute hatte sie anscheinend einen Termin in der Nähe von

Marcels Büro. Er hatte sie nicht gesehen, seit er wieder zurück war, und vielleicht hatte er auch unbewusst vermieden, sie zu suchen. Doch jetzt, da sie hier war, fühlte er eine Welle von Gefühlen über sich hereinbrechen – Überraschung, Ärger, Verwirrung, aber auch eine unbestimmte Erleichterung.

Er erhob sich von seinem Stuhl und ging auf die Tür zu, öffnete sie und trat hinaus. Da sah er sie: Vanessa, im Gespräch mit einem Kollegen. Marcel atmete tief durch und ging direkt auf sie zu.

„Vanessa!" rief er, vielleicht ein wenig zu laut. Sie drehte sich um, ihre Augen weiteten sich leicht, als sie ihn erkannte.

„Marcel?" Ihre Stimme klang überrascht, fast ein wenig nervös. Sie entschuldigte sich kurz bei ihrem Kollegen und kam auf Marcel zu, ein Lächeln auf den Lippen. „Ich wusste gar nicht, dass du wieder zurück bist!"

Marcel verschränkte die Arme, seine Augen fixierten ihre, und ohne lange zu überlegen, sprach er die Worte aus, die ihn schon seit Wochen quälten. „Vanessa, wir müssen reden."

Ihr Lächeln verschwand, ihre Stirn legte sich in Falten. „Äh, okay... Was ist los?"

„Nicht hier." Marcel warf einen Blick zu den anderen Kollegen, die vorbeigingen, und Vanessa nickte verständnisvoll. Sie gingen zu ihm ins Büro und Marcel schloss die Tür hinter sich. „Marcel, du machst mir ein wenig Angst. Was ist passiert?" Sagte sie.

Marcel atmete tief durch, versuchte die Wut und Verwirrung zu ordnen, die sich in ihm angestaut hatten. „Vanessa, dein Buch... 'Marcel allein in New York'. Das Buch, das du mir vor meiner Reise gegeben hast?"

Vanessa nickte langsam, ihre Augenbrauen zogen sich zusammen. „Ja... was ist damit?"

Marcel trat einen Schritt auf sie zu, seine Stimme bebte leicht vor Emotion. „Alles, was du in diesem Buch geschrieben hast, ist passiert. Das Flugzeug, die Insel, Marry – alles. Es war, als hätte ich die Seiten deines Buches gelebt. Und ich verstehe einfach nicht, wie das möglich ist. Wie konntest du all diese Dinge vorhersehen?"

Vanessa blinzelte, als ob sie seine Worte erst verarbeiten musste. Sie öffnete den Mund, schloss ihn wieder, ihre Augen suchten Marcels Gesicht, als wolle sie herausfinden, ob er es ernst meinte. „Marcel... das ist doch nur eine Geschichte. Ich habe mir das alles ausgedacht."

„Nein", sagte Marcel, seine Stimme schärfer, als er es beabsichtigt hatte. „Es ist nicht nur eine Geschichte. Du hast Dinge beschrieben, die niemand wissen konnte. Dinge, die wirklich passiert sind – bis ins kleinste Detail." Er zog einen Stuhl heran und setzte sich, ließ den Kopf einen Moment sinken, bevor er wieder aufblickte. „Vanessa, ich habe wirklich das Gefühl, dass da mehr dahintersteckt. Dass das kein Zufall sein kann."

Vanessa ließ sich ebenfalls auf einen Stuhl sinken, ihre Augen waren weit, ihre Stirn in Falten gelegt. „Marcel, ich weiß nicht, was ich sagen soll. Ich habe wirklich keine Ahnung, wie das sein kann. Ich... ich habe das Buch einfach so geschrieben, aus einer Idee heraus. Es war nur eine Geschichte, die mir im Kopf herumspukte."

Marcel starrte sie an, seine Gedanken rasten. „Und du hattest keine Ahnung? Keine Vorahnung, nichts?"

Vanessa schüttelte langsam den Kopf, ihre Augen wirkten jetzt besorgt. „Nein, Marcel. Es war nur... Inspiration. Ich habe gedacht, es wäre ein witziger Gedanke, dich in so ein Abenteuer zu schicken, etwas Spannendes, etwas Dramatisches. Aber ich hatte keine Ahnung, dass es real werden könnte."

Für einen Moment herrschte eine bedrückende Stille im Raum, und Marcel konnte spüren, wie die Schwere der Situation auf ihnen beiden lastete. Es war schwer zu verstehen, schwer zu begreifen, dass etwas so Banales wie eine fiktionale Geschichte plötzlich Realität geworden war.

„Weißt du", sagte Vanessa schließlich leise, „vielleicht ist das wirklich einfach ein unheimlicher Zufall. Vielleicht... vielleicht gibt es Dinge, die wir nicht erklären können. Aber ich schwöre dir, Marcel, ich hatte niemals die Absicht, dass etwas davon wirklich passiert. Ich wollte nur eine Geschichte schreiben."

Marcel atmete tief ein und schloss für einen Moment die Augen. Es war schwer, die Antwort zu akzeptieren, und gleichzeitig wusste er, dass Vanessa die Wahrheit sagte. Es war einfach ein unbegreiflicher Zufall, etwas, das ihm keine Ruhe lassen würde, aber womit er vielleicht leben musste.

„Ich weiß", sagte er schließlich leise, seine Stimme sanfter geworden. „Ich wollte nur... verstehen. Ich musste dich einfach fragen."

Vanessa nickte, ihre Augen wirkten jetzt voller Mitgefühl. „Es tut mir so leid, Marcel. Ich hätte nie gedacht, dass so etwas passieren könnte. Aber wenn du mit jemandem reden möchtest, wenn du... versuchen willst, das irgendwie zu verarbeiten, dann bin ich da, okay?"

Marcel sah sie an und spürte, wie die Wut und die Verwirrung langsam nachließen. Es gab keine Antwort, und vielleicht würde er sie nie finden. Aber Vanessas Worte gaben ihm zumindest das Gefühl, dass er nicht allein war – dass es jemanden gab, der ihn verstand, auch wenn sie selbst nicht alle Erklärungen hatte.

„Danke, Vanessa", sagte er leise. „Es hilft zu wissen, dass du da bist. Vielleicht... finden wir ja gemeinsam irgendwie eine Erklärung."

Sie nickte, und für einen Moment lag ein Hauch von Erleichterung in der Luft. Marcel wusste, dass er noch einen langen Weg vor sich hatte, um all das zu verarbeiten. Aber dieser erste Schritt – Vanessa zur Rede zu stellen – hatte ihm zumindest einen kleinen Teil der Last genommen.

Sie standen auf, und Vanessa legte ihm kurz eine Hand auf die Schulter. „Wir schaffen das", sagte sie mit einem schwachen Lächeln, bevor sie die Dokumente wieder aufnahm und zur Tür ging. Marcel blieb noch einen Moment im Raum stehen, dann folgte er ihr, bereit, sich wieder der Realität zu stellen – auch wenn er wusste, dass die Erklärungen, die er suchte, vielleicht nie kommen würden.

Marcel folgte Vanessa aus dem Büro, und die Atmosphäre schien sich ein wenig gelockert zu haben. Beide gingen den Flur entlang, Vanessa ein paar Schritte vor ihm, während sie immer wieder kurz über die Schulter zu ihm zurückblickte. Ihr Gesicht war ernst, als ob noch etwas in ihr arbeitete, etwas, das sie vielleicht nicht sagen wollte oder nicht wusste, wie sie es sagen sollte.

Marcel bemerkte, wie Vanessa ihren Schritt verlangsamte und dann schließlich stehen blieb. Sie drehte sich zu ihm um, und in ihren Augen lag etwas, das ihn stutzig machte – etwas Unbekanntes, das plötzlich die Luft zwischen ihnen kälter machte. Ihr Blick schien leerer, und sie sah ihn an, als sei eine Entscheidung gefallen, die Marcel nicht verstand.

„Vanessa, was ist los?" fragte er, verwirrt von ihrem plötzlichen Verhalten.

Vanessa sagte nichts, griff stattdessen in ihre Tasche, und Marcel bemerkte zu spät das Glitzern von Metall, das in ihrer Hand hervorschimmerte. Alles schien auf einmal in Zeitlupe zu passieren. Bevor er reagieren konnte, bevor er verstand, was geschah, spürte er einen plötzlichen, durchdringenden Schmerz in seiner Brust. Ein heftiges Ziehen, ein Brennen – und dann sah er herunter.

Vanessas Hand hielt ein Messer, das in sein Herz stach. Marcel schnappte erschrocken nach Luft, seine Augen weiteten sich, als die Realität sich um ihn herum aufzulösen schien. Der Schmerz breitete sich von der Brust in seinen ganzen Körper aus, pulsierend, unaufhaltsam. Er konnte das Blut spüren, warm und klebrig, wie es seine Kleidung durchnässte, und sein Blick traf Vanessas. Ihre Augen waren leer, ihr Gesicht ausdruckslos.

„V-Vanessa... warum?" brachte er mühsam hervor, seine Stimme war nur ein schwaches, brechendes Flüstern.

Doch Vanessa sagte nichts. Sie sah ihn nur an, während er langsam zusammensackte, seine Beine unter ihm nachgaben und er gegen die Wand rutschte. Die Welt um ihn herum wurde unscharf, die Geräusche des Büros verblassten, als seine Sicht verschwamm. Er versuchte, sich festzuhalten, versuchte, nach Antworten zu suchen – doch das einzige, was er fühlte, war der kalte Schmerz, der sich durch seinen Körper zog.

Marcel sackte auf den Boden, seine Hände versuchten verzweifelt, die Blutung zu stoppen, doch er wusste, dass es keinen Ausweg gab. Sein Blick verlor sich in Vanessas Augen, die nun leer auf ihn herabblickten.
Und dann – Dunkelheit.

KAPITEL 15
EIN VERTRAUTER SCHATTEN

Marcel schreckte hoch, sein Atem schwer und flach, als er sich orientierungslos umsah. Der Lärm von Triebwerken, das gedämpfte Summen der Klimaanlage und die enge, beengte Atmosphäre des Flugzeugs holten ihn langsam zurück in die Realität. Er blinzelte gegen das grelle Licht über seinem Kopf, das den Gang zwischen den Sitzen beleuchtete, und spürte das vertraute Vibrieren des Flugzeugs unter sich.

Er drehte seinen Kopf zur Seite, versuchte, seine Atmung zu beruhigen. Neben ihm saß eine Frau, ihr Kopf an die Rückenlehne gelehnt, das dunkle Haar fiel in sanften Wellen über ihre Schultern. Er konnte nur ihren Hinterkopf sehen, aber sein Herz begann schneller zu schlagen. Es war Marry. Marry, die er seit diesem furchtbaren Abschied in New York nicht mehr gesehen hatte.

Marcel runzelte die Stirn, fühlte eine seltsame Mischung aus Verwirrung und Erleichterung in sich aufsteigen. War all das, was er gerade erlebt hatte – Vanessa, das Messer, der Schmerz – wirklich nur ein Traum gewesen? Die Erinnerungen schienen so lebendig, der Schmerz so echt. Doch hier war er, im Flugzeug, auf dem Weg zurück nach Deutschland, und Marry saß neben ihm, genauso wie damals.

Vorsichtig streckte er die Hand aus, als wolle er sie berühren, sie fragen, ob alles in Ordnung war, ob sie dasselbe durchgemacht hatte. Doch irgendetwas hielt ihn zurück – vielleicht die Angst, dass sie sich umdrehen und sich alles wieder auflösen würde, vielleicht die Unsicherheit, ob dies wirklich real war oder nur eine weitere Täuschung.

Seine Finger zitterten leicht, als er ihre Schulter fast erreichte. „Marry...?" flüsterte er leise, seine Stimme kaum hörbar über das Summen des Flugzeugs hinweg.

Marcel wartete darauf, dass die Gestalt neben ihm sich rührte. Das Gefühl der Ungewissheit nagte an ihm, und je länger er den Hinterkopf der Person betrachtete, desto stärker wurde das Bedürfnis, sie zu sehen, zu wissen, ob es wirklich Marry war. Vorsichtig, mit einem letzten Zögern, legte er schließlich seine Hand auf ihre Schulter.

Langsam drehte sich die Person zu ihm um, und Marcel starrte erschrocken in das Gesicht eines Mannes. Der Fremde schaute ihn verwirrt an, seine Augen blinzelten müde, und ein schiefes Lächeln huschte über seine Lippen. „Alles in Ordnung?" fragte er mit einer leichten Spur von Belustigung, als er Marcels entsetzten Ausdruck sah.

Marcel spürte, wie ihm das Blut aus dem Gesicht wich. Das war nicht Marry. Wie konnte er das nur verwechselt haben? Sein Herz schlug schneller, die Realität um ihn herum begann sich zu verdrehen. Das Summen der Flugzeugkabine verwandelte sich in ein unregelmäßiges, dröhnendes Echo, und seine Umgebung verschwamm erneut. Er wollte antworten, doch bevor er überhaupt ein Wort hervorbringen konnte, spürte er, wie sein Kopf nach hinten fiel, sein Atem stockte, und er wurde von einer erneuten Dunkelheit verschluckt.

Mit einem heftigen Keuchen schreckte Marcel auf. Sein Körper war von Schweiß bedeckt, seine Brust hob und senkte sich schnell, als würde er gerade erst dem Ertrinken entkommen sein. Er blinzelte, blickte um sich – diesmal war alles anders. Er war nicht im Flugzeug, zumindest nicht in dem vorherigen. Es war Nacht, und das Flugzeug war fast vollständig dunkel.

Marry saß wirklich neben ihm, diesmal war er sich sicher. Ihr Gesicht war zur Seite gedreht, ihr Profil war im schwachen Schein der Notbeleuchtung zu erkennen. Sie schien ruhig zu schlafen, ihr Atem war gleichmäßig, und ihre Hände lagen gefaltet in ihrem Schoß.

Marcel spürte, wie sein Herz immer noch raste, und er musste einige Sekunden lang tief durchatmen, um sich zu beruhigen. Alles fühlte sich echter an, klarer, als ob er jetzt tatsächlich wach wäre. Doch die Furcht aus dem Traum, die Verwirrung und die plötzliche Erkenntnis, dass Marry nicht neben ihm war, ließen ihn nicht los.

Sein Körper zitterte leicht, und er konnte nicht anders, als Marry flüsternd zu rufen: „Marry... bist du da?"

Marry öffnete blinzelnd die Augen und drehte ihren Kopf zu ihm, ein Ausdruck von Sorge und Müdigkeit auf ihrem Gesicht. „Marcel? Ist alles in Ordnung?" Ihre Stimme war leise, ihr Blick prüfend.

Marcel nickte hastig, versuchte zu lächeln, obwohl sein Atem immer noch schwer ging. „Ja, ich... ich hatte nur einen furchtbaren Traum." Er fuhr sich mit der Hand über das Gesicht, versuchte, die letzten Spuren des Schreckens abzuschütteln.
Marry musterte ihn aufmerksam, ihr Ausdruck wurde weicher, und sie legte eine Hand beruhigend auf seinen Arm. „Alles ist gut, Marcel. Es war nur ein Traum." Ihr Lächeln war sanft, und es schien die Dunkelheit, die ihn umgab, langsam aufzulösen.

Marcel schloss die Augen und atmete tief durch. Er war wirklich wach, diesmal wirklich. Neben Marry zu sitzen und ihre beruhigende Stimme zu hören, half ihm, wieder in der Realität anzukommen. Doch der Schrecken des Traums – der tiefe Stich der Verwirrung und das Gefühl des Verlorenseins – blieb noch für eine

Weile an ihm haften, während das Flugzeug weiter durch die Nacht flog.

Marcel ließ seinen Kopf auf die Rückenlehne fallen und schloss für einen Moment die Augen, während er versuchte, seine Gedanken zu sammeln. Der Traum, so lebendig, so greifbar – die Insel, die Wildpferde, die Absturzstelle – alles hatte sich angefühlt, als wäre es wirklich passiert. Und jetzt, wo er da saß, neben Marry, schien sich die Grenze zwischen Realität und Traum endgültig aufgelöst zu haben.

Marry sah ihn noch immer mit diesem besorgten Ausdruck an, ihre Hand lag behutsam auf seinem Arm, und Marcel öffnete langsam die Augen, um ihr in die sanften, fragenden Augen zu sehen.

"Es war so seltsam", begann er leise und zögernd, als ob die Worte immer noch schwer in seinem Hals lagen. "Ich hatte das Gefühl, dass ich wochenlang weg war... ich war auf einer Insel, nach einem Flugzeugabsturz. Wir waren gestrandet, Marry... du und ich." Er lächelte schwach und merkte, wie seine Stimme zitterte, während die Erinnerung an den Traum ihn einholte.

Marry zog die Augenbrauen hoch und sah ihn neugierig an. "Was? Eine Insel? Marcel, was redest du da? Wir sind doch nie abgestürzt."

Marcel nickte langsam, seine Augen starrten ins Leere, als er versuchte, die Gedanken zu ordnen. "Ja, ich weiß... jetzt weiß ich es wieder. Aber in dem Traum war alles so real. Wir sind abgestürzt... es war mitten im Nirgendwo. Und dann gab es diese Insel, diese Wildpferde, die uns irgendwie geholfen haben. Wir haben so lange gekämpft, um zu überleben. Ich dachte, wir würden nie wieder hier wegkommen." Er schüttelte den Kopf, ein bitteres Lächeln huschte über sein Gesicht. "Und am Ende habe ich sogar gedacht, Vanessa hätte mir ein Messer ins Herz gestoßen."

Marry sah ihn einen Moment lang verwirrt an, bevor ein Lächeln um ihre Lippen zuckte. "Marcel, das klingt alles nach einem wahnsinnig verrückten Traum. Aber du bist hier... wir sitzen einfach im Flugzeug, und alles ist in Ordnung." Ihre Stimme war ruhig, sanft, als ob sie ihn zurück in die Realität holen wollte. Sie legte ihre Hand auf seine, und er spürte die Wärme ihrer Berührung – ein Gefühl, das ihn tatsächlich beruhigte.

Marcel seufzte, lehnte sich zurück und versuchte, sich zu entspannen. Doch dann kam ihm ein Gedanke, der ihn schaudern ließ. "Die Cookies...", murmelte er leise, mehr zu sich selbst als zu Marry. "Die Cookies, die wir gegessen haben. Erinnerst du dich an den Keks, den ich gegessen habe, bevor wir eingestiegen sind?"

Marry runzelte die Stirn und dachte einen Moment nach, bevor sie langsam nickte. "Ja, diese... Spezial-Cookies. Ich habe gesagt, die sind hausgemacht und beruhigend. War das nicht ein Scherz?"

Marcel lachte leise, schüttelte den Kopf. "Wenn das ein Scherz war, dann war es ein verdammt mächtiger. Ich glaube, diese Kekse haben mir den wildesten Trip meines Lebens beschert. All das – die Insel, der Absturz, sogar Vanessa und das Messer – es fühlte sich so real an. Ich dachte wirklich, ich wäre verloren."

Marry sah ihn an, eine Mischung aus Belustigung und Sorge in ihrem Gesicht. "Also... du glaubst, dass die Kekse das alles verursacht haben?"

Marcel zuckte mit den Schultern, ein schwaches Lächeln umspielte seine Lippen. "Vielleicht. Es ist die einzige Erklärung, die Sinn ergibt. Das alles war nur ein Traum... ein verdammt intensiver Traum. Und als ich aufwachte, habe ich immer noch gedacht, es wäre real. Aber jetzt... jetzt bin ich hier, neben dir. Und ich bin mir sicher, dass ich diesmal wirklich wach bin."

Marry lachte leise und schüttelte den Kopf. "Das klingt wie das Ende eines wirklich schlechten Films. Aber hey, ich bin froh, dass du wieder bei uns bist, Marcel. Und keine weiteren Träume von Inseln oder verrückten Keksen, okay?"

Marcel grinste, und zum ersten Mal seit er aufgewacht war, fühlte er sich wirklich erleichtert. "Abgemacht", sagte er leise. Er spürte die Wärme ihrer Hand in seiner, und das Gefühl von Sicherheit kehrte langsam zurück. Die Welt war vielleicht chaotisch, verwirrend und manchmal unberechenbar, aber in diesem Moment, neben Marry, fühlte sich alles wieder etwas normaler an.

Das Flugzeug flog ruhig weiter durch die dunkle Nacht, und Marcel lehnte sich zurück, schloss für einen Moment die Augen und ließ die Anspannung los. Es war vorbei – der Traum, der Absturz, die Angst. Jetzt war es an der Zeit, sich auf das zu konzentrieren, was wirklich zählte: das Hier und Jetzt. Und vielleicht, dachte er, waren diese verrückten Cookies gar nicht mal so schlecht gewesen – sie hatten ihn zumindest daran erinnert, wie wertvoll die Realität sein konnte.

Der Rest des Fluges verlief ruhig. Marcel lehnte sich zurück und sah aus dem Fenster, während die ersten Lichter des frühen Morgens über dem Horizont auftauchten. Die Erkenntnis, dass alles, was er erlebt hatte – der Absturz, die Insel, die wilden Pferde, Vanessa – nichts weiter als ein intensiver Traum war, ließ ihn seltsam erleichtert und gleichzeitig merkwürdig leer zurück. Der Druck, den er seit Wochen gespürt hatte, war nun abgefallen, und die Realität um ihn herum kehrte langsam zurück.

Das Flugzeug begann schließlich mit dem Landeanflug, und die Durchsage des Piloten verkündete, dass sie bald den Frankfurter Flughafen erreichen würden. Marry sah Marcel an und lächelte. „Also, zurück in die Realität", sagte sie mit einem Augenzwinkern. „Kein Messer, keine Inseln, nur ganz normale Landung."

Marcel erwiderte ihr Lächeln und nickte. „Ja, zurück in die Realität. Und dieses Mal hoffe ich, dass sie bleibt."

Die Landung verlief reibungslos, und bald schon standen sie in der engen, geschäftigen Kabine und warteten darauf, dass die Türen geöffnet wurden. Das Gedränge der Passagiere, die das Flugzeug verlassen wollten, fühlte sich fast beruhigend an – die Vertrautheit des Chaos, der Koffer, die aus den Fächern gehoben wurden, das Flüstern von Menschen, die versuchten, sich durch die schmale Kabine zu drängen.

Marcel und Marry verabschiedeten sich, bevor sie das Flugzeug verließen. Marry musste in eine andere Richtung, um ihren Anschlussflug zu erreichen, und Marcel sah ihr nach, bis sie in der Menge verschwand. Er spürte eine gewisse Traurigkeit, doch auch die Erleichterung, dass alles ein gutes Ende genommen hatte.

Als er schließlich den Ankunftsbereich erreichte, sah er Timo direkt bei den wartenden Menschen. Timo hob die Hand und winkte ihm zu, ein breites Lächeln auf seinem Gesicht, das trotz der frühen Morgenstunde ungebrochen schien.

„Marcel!" rief er, als Marcel näherkam. „Da bist du ja! Willkommen zurück, mein Freund!" Timo zog ihn in eine feste Umarmung, und Marcel konnte die Wärme und die Freundschaft in der Geste spüren – etwas Echtes, etwas, das nicht in Frage gestellt werden musste.

„Hey Timo," sagte Marcel, während er sich aus der Umarmung löste. „Es ist schön, dich zu sehen." Die Müdigkeit lag immer noch in seinem Blick, doch sein Herz fühlte sich leichter an, als Timo ihm auf die Schulter klopfte.

„Na komm, wir bringen dich erstmal nach Hause", sagte Timo. „Du siehst aus, als könntest du etwas Schlaf gebrauchen."

Marcel lachte leise und nickte, während sie sich durch die Menge in Richtung des Parkplatzes bewegten. „Das ist eine Untertreibung. Es waren... wilde Tage." Marcel spürte, wie Timos fragender Blick auf ihm ruhte, doch er zögerte, etwas zu erklären. Sie würden Zeit haben, zu reden. Er wusste, dass Timo ihn nicht drängen würde, solange er selbst nicht bereit war, und dafür war er ihm dankbar.

Als sie schließlich das Auto erreichten und Timo den Koffer in den Kofferraum packte, warf er Marcel einen kurzen Seitenblick zu. „Also, der Flug war okay? Keine Turbulenzen?"

Marcel lächelte schwach und schüttelte den Kopf, während er sich auf den Beifahrersitz setzte. „Nein, alles lief glatt. Aber ich hatte einen ziemlich heftigen Traum." Seine Stimme wurde leiser, als er an den seltsamen Trip dachte, der ihn für so lange Zeit von der Realität entfernt hatte. „Ein Traum, der... schwer zu beschreiben ist."

Timo sah ihn einen Moment lang an, bevor er den Motor startete. „Ein heftiger Traum, hm?" Er nickte, ohne weiter nachzufragen. „Vielleicht erzählst du mir irgendwann davon. Aber erstmal – komm nach Hause, ruh dich aus, und wir sprechen, wenn du soweit bist."

Marcel lehnte sich in den Sitz zurück und schloss die Augen, als der Wagen sich in Bewegung setzte. Die Straßen Frankfurts waren noch ruhig, die Morgensonne brach langsam durch die Wolken und tauchte alles in ein sanftes, goldenes Licht. Marcel atmete tief ein und versuchte, die letzten Schatten des Traumes loszulassen. Diesmal war alles real – das Auto, Timo, die Welt um ihn herum.

Und das fühlte sich gut an.

Einige Tage waren seit Marcels Rückkehr vergangen, und das Leben begann sich langsam wieder in eine vertraute Routine einzufügen. Doch es fühlte sich nicht ganz wie früher an. Etwas hatte sich verändert – nicht nur wegen des Traums, sondern wegen der intensiven Erfahrungen und der Erkenntnisse, die ihn begleitet hatten. Aber der Alltag zog ihn zurück, und auch wenn die Schatten des Traumes manchmal noch durch seine Gedanken flackerten, gelang es ihm immer besser, in der Realität Fuß zu fassen.

Und so kam es, dass Marcel eines Tages spontan entschied, noch einmal nach New York zu fahren. Es war eine impulsive Entscheidung, die aus einer Laune heraus geboren war – vielleicht war es der Wunsch nach einer Art Abschluss, vielleicht einfach nur der Drang, die Stadt ohne die Last all der Fantasien zu erleben, die ihn seit Wochen verfolgten. Diesmal wollte er in Ruhe shoppen gehen, die Lichter der Stadt genießen, vielleicht sogar eine Tour machen, die er nie geschafft hatte.

Er kam am frühen Morgen in New York an, und nachdem er sein Gepäck im Hotel abgestellt hatte, machte er sich sofort auf den Weg in die Stadt. Die Straßen waren lebendig, voller Menschen, die ihren Alltag lebten, und Marcel tauchte ein in das hektische Treiben, ließ sich treiben von der Energie und dem Puls der Metropole.

Als er durch ein Kaufhaus in der Nähe des Times Square schlenderte, zog ihn ein Schaufenster an, das bunte Schals und winterliche Kleidung ausgestellt hatte. Es war ein kalter Tag, und er dachte daran, einen neuen Schal zu kaufen – etwas Warmes, etwas Gemütliches, das ihm vielleicht auch eine Art inneren Trost geben konnte.

Während er durch die Regale stöberte, fiel ihm plötzlich eine Gestalt auf, ein paar Schritte entfernt. Eine Frau, die gerade einen Mantel von einem Kleiderständer nahm und ihn betrachtete. Sie hatte langes, dunkles Haar, das in Wellen über ihre Schultern fiel, und ihre Bewegungen schienen Marcel so unglaublich vertraut. Sein Herz schlug schneller, und eine unbewusste Hoffnung stieg in ihm auf. War das... konnte es sein?

Ohne weiter nachzudenken, trat er einen Schritt näher und hob die Stimme. „Marry?" fragte er, seine Stimme klang unsicher und doch voller Erwartung. Das Wort hing einen Moment lang in der Luft, als ob die Zeit selbst angehalten hätte.

Die Frau vor ihm hielt inne, ihre Schultern zuckten leicht, als sie den Kopf drehte, um zu sehen, wer sie gerufen hatte.

ISBN 978-3-8187-3503-6

www.epubli.com